Talira Tal & Frank Vollmann

Stadtprinzessin

Urbane Märchensammlung

Märchen, bescherten sie nicht seit ihrem Beginn den Zuhörern eine leichte Gänsehaut, heftiges Herzklopfen und sinnvolle Ratschläge?

Welche Botschaften tragen die Märchen längst vergangener Tage für die heutige Zeit in sich?

Es erwarten Sie spannende, leicht prickelnde aber auch lehrreiche Geschichten von Talira Tal und Frank Vollmann.

© 2014 Talira Tal & Frank Vollmann
Buchcover: Carola Kickers

Printed in Germany

Herstellung und Verlag: BoD – Books on Demand, Norderstedt
ISBN: 9 783735738509

Dieses Buch

widmen wir unseren Kindern

Joelle,

Hendrik

und Gianluca

Die Autoren:

Talira Tal erblickte 1971 in Dortmund das Licht der Welt. Bereits in der Jugend schrieb sie vielfältige Horrorgeschichten. Seit 2010 feilt sie ernsthaft an ihren literarischen Fähigkeiten. Sie hasst Ungerechtigkeiten und so ist es kein Wunder, dass sie einige ihrer Geschichten auch als Waffe gegen Missstände innerhalb der Gesellschaft benutzt. Bisher veröffentlichte sie, in diversen Anthologien, mehrere Kurzgeschichten.

http://talira-tal-otherworld-of-mind.blogspot.de/

http://www.talira-tal.de/

Frank Vollmann wurde 1961 in Solingen geboren.
Bisher waren seine Geschichten nur für den Hausgebrauch bestimmt. Zur Zeit schreibt er noch an einem Thriller, der in diesem Jahr erscheinen wird.
Soziales Engagement wird bei ihm groß geschrieben. Viele seiner Kurzgeschichten greifen dieses Thema daher auf.

http://frank-vollmann.webnode.com/

Bei Facebook: Frank Vollmann-Autor

Inhaltsverzeichnis

Vorwort

Wie sagte Friedrich Wilhelm Nietzsche bereits:

"Wir meinen, das Märchen und das Spiel gehöre zur Kindheit: Wir Kurzsichtigen! Als ob wir in irgendeinem Lebensalter ohne Märchen und Spiel leben möchten!"

Stadtprinzessin

von Talira Tal

Nein, Kira. Nein! Meine Eltern wollen mich nicht zu Celals Party lassen ... Ach Mensch, ich hab keine Ahnung warum nicht. Meine Noten wären zu mies ... Nein, sie sagen, es würde nicht daran liegen, dass er Ausländer ist. Kira, hör' zu, ich ...«

Das nagelneue Handy war ihr bei dem erhitzten Gespräch aus der Hand geglitten. Fassungslos starrte Tamara dem Telefon hinterher. Es fiel immer tiefer in die quadratische Öffnung im Boden.

Wer hat hier einfach die Erde geöffnet? Das muss ein böser Traum sein. Wo ist der Gullideckel hin? Wer hat diese Schlamperei zu verantworten? Derjenige ist verpflichtet, mein Handy zu ersetzen.

Es könnte jemand in das Loch fallen und sich ernsthaft verletzen. Aber das war für Tamara zweitrangig. Ihr größtes Problem war die Frage, wie sie an ihr heiß geliebtes Mobiltelefon herankam.

»Aua«, hörte sie eine Stimme in der Tiefe.

Die Sache wurde immer verworrener. *Ist da unten etwa irgendwer im Schacht?*

»Hallo«, rief Tamara in die Dunkelheit und hörte, wie ihr Ruf von den engen Kanalwänden widerhallte. Ein rotes Capi stieg aus dem Abgrund zu ihr empor. Mehr konnte sie nicht erkennen.

Hoffentlich hat dieser Kerl wenigstens mein Handy bei sich.

»Haben Sie mein Handy?«, fragte sie hoffnungsvoll.

Das Capi antwortete nicht, kletterte unermüdlich an die Tagesoberfläche.

»Jetzt geben Sie mir doch eine Antwort. Haben Sie es mitgebracht? Ich muss ganz dringend meine Freundin Kira anrufen. Sicherlich macht sie sich schon Sorgen, weil ich auf einmal weg war.«

»Andere Probleme haben Sie nicht? Bewerfen unschuldige Menschen mit Mobiltelefonen. Was sagt man denn dazu?«

Tamara konnte es nicht fassen. *Was bildet dieser Stinker sich ein?*

Je näher er ihr kam, desto intensiver schlug ihr der Geruch von Kloake entgegen. *Himmel, was ist dieser Typ widerlich. Warum kann ich nicht auf so einen schnuckeligen Typen wie Leonardo di Caprio treffen? Aber solche tollen Männer würden natürlich auch nie in Kanälen herumkriechen.*

Unwillkürlich wich sie einen Schritt zurück, hörte das laute Fluchen einer Frau, die sie nun auch noch angerempelt hatte. Tamara schenkte der Meckertante keinerlei Beachtung.

Der Kanalarbeiter war dem Schacht nun vollends entstiegen. Eine schmutzverschmierte Fratze blickte sie geradewegs an.

»Also, Benehmen scheint wirklich nicht Ihre Stärke zu sein.«

»Häh?« *Was labert er denn nun schon wieder?*

Ach egal. »Wo ist mein Handy?«

Er ignorierte ihre Frage frech und sagte stattdessen: »Sie scheinen einen sehr eingeschränkten Wortschatz zu besitzen, obwohl Sie Ihrer Kleidung nach zu urteilen, eigentlich einem guten Stall entspringen.«

Dummschwätzer! Warum macht er nicht einfach das, worum ich ihn gebeten habe?

Am Liebsten hätte sie ihm ihre nagelneue Tasche auf den Kopf gehauen. Aber er war so schmutzig, dass sie Angst hatte, ihre gute Handtasche bei dem Vorhaben zu versauen.

So kam sie bei dieser Kanalratte nicht weiter. *Was faselt er von gutem Stall?*

Mit einem Mal kam Tamara die rettende Idee. *Er will sicherlich Kohle von mir haben.*

Seufzend suchte sie aus ihrer Geldbörse einen 20-Euro-Schein. Kleiner hatte sie es leider nicht und gewechseltes Geld würde sie von diesen dreckigen Flossen nicht annehmen. *Schlimm genug, dass er mein Handy angefasst hat. Wo hat er das überhaupt?*

Sie konnte es nirgends entdecken.

»Hier, jetzt geben Sie mir endlich mein Handy!«

Der Typ lachte und es bereitete ihr einen Schauder, den sie sich nicht erklären konnte.

»Dachte ich es mir doch. Du denkst, dass man sich mit Geld alles erkaufen kann. Höflichkeit und Freundlichkeit sind dann überflüssig, was?«

Tamara rollte mit den Augen. *Dieser Stinker wird mir doch wohl jetzt nicht auch noch eine Predigt halten? Ne, darauf hab ich echt keinen Bock und überhaupt, warum duzt der mich auf einmal? Aber es macht auch keinen Sinn, mit diesem Irren zu streiten. Er ist am längeren Hebel, schließlich hat er mein Handy.*

Tamara holte tief Luft, zwang sich sogar zu einem flüchtigen Lächeln.

»Was wollen Sie denn?«

Wieder das Lachen, aber eine Antwort auf ihre Frage bekam sie nicht.

»Hören Sie, wir können doch nicht ewig hier herumstehen. Sie möchten doch bestimmt duschen und ich ...«

»Duschen, das ist das Stichwort, Prinzessin.«

Prinzessin? Was nimmt sich diese Ratte raus? Ruhig bleiben, Tami. Vielleicht bringt er jetzt endlich einen konstruktiven Vorschlag.

»Ich möchte bei dir duschen, dann mit dir essen und anschließend bei dir übernachten.

Was hat er gesagt? Ich muss mich verhört haben!

Tamaras Augen hatten sich bei seinen Worten geweitet.

Ganz bestimmt will er mich nur verarschen. Eine andere Erklärung gab es für das It-Girl nicht.

»Hast du denn kein zu Hause?«

»Ich habe dir nicht erlaubt mich zu duzen, Prinzessin.«

Das schlägt doch dem Fass den Boden aus!

»Aber das machen Sie doch auch schon die ganze Zeit!«

Wie alt mag er sein? Er ist schwierig zu schätzen. Irgendetwas zwischen Ende 20 und Anfang 40. Unter der Dreckschicht, die ihn bedeckte, war nichts zu erkennen.

»Stimmt, aber ich besitze auch etwas, was du unbedingt wiederhaben möchtest und da du sowieso keinen Wert auf

Benehmen legst, macht das nichts aus. Also, was ist jetzt? Lass uns endlich zu dir gehen.«

Alles in Tamara sträubte sich gegen seinen Vorschlag.

Der Typ kann nicht mehr alle Tassen im Schrank haben. Vielleicht ist er sogar ein blutrünstiger Psychopath. Der kann nicht normal sein.

»Du, ich meine Sie wollen mit zu mir nach Hause? Das geht nicht!«

»Okay, dann leb wohl.« Er drehte sich von ihr ab und machte Anstalten zurück in den Schacht zu klettern.

Das ist doch wohl nicht sein Ernst. Er kann doch nicht so einfach verschwinden.

»Warte!«

Stetig tauchte er in die Dunkelheit ab.

»Bitte warten Sie.«

Er hielt inne.

»Ich meine, ich kenne Sie doch nicht. Ich wohne noch bei meinen Eltern und die wären sicherlich nicht erbaut, wenn ich einfach einen Mann mitbringen würde. Weißt du ... äh, wissen Sie, die Schlossallee ist ein spießiges Viertel. Da würden Sie in Ihrer Aufmachung auf jeden Fall für Aufsehen sorgen.«

»Schlossallee? Nummer?«

»Fünf.« Tamara biss sich auf die Lippen. *Ich muss total gaga sein. Jetzt habe ich der Kanalratte auch noch meine richtige Adresse genannt.*

»Bitte geben Sie mir doch mein Handy zurück.«

»Du kennst den Deal. Es ist deine Entscheidung, Prinzessin.«

»Sie sind unverschämt.«

»Ich habe nicht den ganzen Tag Zeit. Ich zähle jetzt bis drei. Nach Fristablauf kannst du dein Telefon abschreiben. Eins ...«

»Gibt es keine andere Möglichkeit?«

Sie ärgerte sich, dass ihre Stimme weinerlich klang. Sie wollte ihm keine Schwäche offenbaren.

»Zwei.«

Er gibt einfach nicht nach. Was soll ich denn jetzt machen?

Sie fühlte sich hilflos. *Ich habe keine Chance gegen ihn.*

»Na schön, abgemacht. Duschen, essen und schlafen, aber keinen Sex.«

»Da haste aber ganz knapp die Kurve bekommen.«

Er verließ den Schacht ein zweites Mal und reichte ihr das ebenfalls verdreckte Mobiltelefon. Tamara ergriff es, drehte sich auf dem Absatz herum und rannte los.

Sein »Hey« tönte ihr noch in den Ohren, als sie mit zitternden Händen das eiserne Portal, welches das weitläufige Grundstück ihrer Eltern von der Straße trennte, aufschloss.

»Du bist spät dran«, empfing ihre Mutter sie aus der Küche rufend.

»Ich hatte mein Handy verloren«, antwortete Tamara wahrheitsgemäß.

»Hast du es wiedergefunden? Setz dich. Ich habe das Essen noch einmal in den Ofen geschoben.«

Tamara bejahte kurz die Frage ihrer Mutter und betrat das geräumige Esszimmer.

Ihr Vater und ihr Bruder Mika schienen bereits eine ganze Weile zu warten.

Mika zockte mit seinem Nintendo und ihr Vater war in seine Tageszeitung vertieft. Ein vorwurfsvoller Blick traf sie, als sie sich ohne Kommentar niedergelassen hatte.

»'Tschuldigung«, murmelte Tamara lahm.

Die Mutter servierte das Essen. Das lenkte den Vater von einer Strafpredigt ab.

Was für ein Glück. Ich hasse sein ewiges Gelabere über Regeln und Benehmen. So etwas musste ich mir heute schon von Mister Kanalratte anhören. Es reicht mir für heute.

»Ist noch Schokopudding von heute Mittag da?«

»Denk an deine Figur, Schwesterherz. Sonst kannste deinen Traumprinzen vergessen.«

Bei der Äußerung ihres Bruders spürte Tamara, wie ihr Gesicht rot anlief. *Dieser kleine Blödmann hat ganz bestimmt wieder ein Gespräch von mir mit Kira belauscht.*

»Habe ich etwas verpasst?«, fragte ihre Mutter, als der Türgong ertönte.

Das muss Kira sein. Die Arme musste ja wer weiß was gedacht haben, als unser wichtiges Telefonat so abrupt abbrach.

»Ich geh schon.«

»Du bist mit Tischabräumen dran«, maulte Mika.

»Mach du das doch heute für mich. Ich übernehme auch deine nächste Woche, okay?«

Ohne eine Antwort abzuwarten, lief Tamara zum Monitor, der den Besucher zeigte. Sie erstarrte, als ihr das dreckverschmierte Gesicht des Fremden aus dem Kanal ärgerlich entgegenblickte.

»Hau ab!«, zischte Tamara und hoffte, dass ihre Familie von dieser Peinlichkeit nichts mitbekommen würde.

»Nein, wir haben einen Deal, Prinzessin.«

»Den kannste vergessen. Ich hole meinen Vater, wenn du nicht augenblicklich verschwindest.«

»Für dich immer noch Sie. Ich dachte, das hätten wir besprochen. Jetzt mach die Tür auf!«

»Du spinnst ja total. Hau ab, oder ich rufe die Polizei.«

Tamara drückte den Monitor aus, ging auf ihr Zimmer, um endlich mit Kira in Ruhe weitertelefonieren zu können.

In ihr gemeinsames Lieblingsthema, nämlich die süßen Typen aus der Nachbarschule, platzte Tamaras Vater ohne anzuklopfen ins Zimmer. Vor Schreck drückte Tamara das Gespräch mit der Freundin weg und ärgerte sich zeitgleich maßlos darüber.

»Wir müssen uns unterhalten, Tamara!«

Oh, er sagt Tamara, nicht Tami. Die Sache ist ernst. Außerdem sieht er richtig sauer aus. Was habe ich denn gemacht?

»Was ist denn, Papa?«

Sie legte das Handy zur Seite und widmete ihm ihre ganze Aufmerksamkeit. Er sollte, egal was sie getan oder nicht getan hatte, nicht noch wütender auf sie werden.

»So geht es nicht mehr weiter. Du kannst nicht immer nur in den Tag hineinleben, Spaß haben und dich nicht um andere scheren. Du musst auch mal Verantwortung übernehmen.«

Aha, daher weht der Wind. Mika hat gepetzt, dass ich mich auch die letzten Male nicht an meine Versprechen gehalten habe. Blödmann! Das schreit nach Rache.

»Papa, ich geh sofort runter und ...« räume den Tisch ab, wollte sie sagen, aber ihr Vater schnitt ihr das Wort ab.

»Schön, dass du einsichtig bist. Herr Keller wartet unten. Ich habe ihm versichert, dass du dein Wort hältst.«

Herr Keller? Wort? Von was spricht er?

»Papa, wer ist Herr Keller?«

Eine Zornesfalte bildete sich auf der Stirn ihres Vaters.

»Herr Mark Keller ist der nette junge Mann, der dein Handy wiedergefunden hat und dem du ein Versprechen gegeben hast. Und an das du dich selbstverständlich halten wirst.«

Tamara schnappte empört nach Luft. *Sind jetzt alle durchgedreht?*

»Papa, ich soll einen wildfremden Typen hier bedienen? Auf unserem Anwesen? Was ist, wenn er ein Verbrecher oder Mörder ist? Du kannst ihn doch nicht so einfach in unser Haus lassen!«

»Tamara, du wirst dein Wort halten. Die Alternative wäre, deine Tasche zu packen und auszuziehen.«

Er erhob sich. Die Sache war bitterernst. Auch wenn sie es nicht glauben wollte, stand seine Drohung unwiderruflich im Raum. So etwas hatte ihr Vater noch nie zu ihr gesagt.

Das muss alles ein böser Traum sein. Das würde er doch nie im Leben wirklich mit mir machen.

»Also?«

»Ich werde mich um diesen Keller kümmern.«

»In Ordnung!« Ihr Vater verließ das Zimmer und hielt ihr demonstrativ die Tür auf.

Tamara folgte ihm. Ihr war übel, als sie die Treppe hinabstieg und Keller erblickte. Der dreckige stinkende Kerl stand in der Empfangshalle und blickte sich um. Er wirkte deplatziert. *Er gehört nicht hierher. Hoffentlich geht die Zeit schnell um. Ich möchte viel lieber zu Celals Party.*

Mit hasssprühenden Augen trat sie auf Keller zu.

»Hallo, Prinzessin. So sieht man sich wieder, was?«

»Machen wir es kurz. Ich zeige dir die Dusche und bestelle für dich eine Pizza.«

»Halt, halt. Du scheinst die Regeln vergessen zu haben.«

»Häh? Was für Regeln?«

»Für dich bin ich immer noch Herr Keller. Ich bestimme die Reihenfolge und wie es vonstattengeht.

Aber in einem Punkt hast du recht. Ich will mich wirklich erstmal waschen. In der Zeit kannst du mir ein Essen zubereiten. Hör genau zu, Prinzessin. Auf die Vorspeise verzichte ich. Das Mahl soll aus Fleisch, Gemüse, Kartoffeln und Soße bestehen. Gib dir

Mühe. Als Nachtisch hätte ich gerne eine Quarkspeise mit Früchten, wenn ihr Quark im Haus habt.«

»Du spinnst doch. Ich kann nicht kochen ...«

»Also, ich erkläre es dir noch einmal. Aber ab sofort erwarte ich von dir, dass du dich zusammenreißt und dich an unsere Abmachung hältst. Ist das klar? Ansonsten werde ich mit deinem Vater reden und unser Deal ist geplatzt.«

Tami, reiß dich zusammen! Die Sache ist bitterernst. Dieser Scheißkerl hat tatsächlich in meinem Haus das Sagen.

Eine neue Erfahrung für sie und ihr Vater schien auch noch in das gleiche Horn zu blasen.

»Ich könnte dir ... ähm, ich meine Ihnen, Nudeln mit Tomatensoße kochen und als Nachtisch Joghurt.«

Keller zog die Augenbrauen hoch. Tamara befürchtete schon eine niederschmetternde Absage.

»Klingt auch lecker. Okay. Aber in dem Joghurt möchte ich frisch geschnittenes Obst. Wo ist das Bad?«

»Hier.« Tamara betrat erleichtert vor ihm das geräumige Badezimmer. Aus einem Schränkchen suchte sie ihm zwei Handtücher heraus und legte sie auf einem Stuhl bereit.

»Sie können mein Duschgel benutzen. Das steht da vorne.«

Sie verbiss sich zu fragen, ob er sich alleine entkleiden konnte. Der Typ brachte es fertig, ihre ironische Frage zu kontern und berühren wollte sie diesen Kotzbrocken bestimmt nicht.

»Bis gleich«, verabschiedete sie sich, um in der Küche die versprochenen Nudeln mit Tomatensoße zuzubereiten.

Tamara mixte ihre Spezialsoße, die aus Ketchup, Senf, Zucker und Majonaise, Paprika und Curry bestand. Etwas anderes konnte sie nicht. *Ich brauch auch nichts anderes können. Der kann ja froh sein, überhaupt irgendwas zu essen zu bekommen. Ich bin mir sicher, dass er ein Penner ist, der in der Kanalisation lebt.*

* * *

Tamaras Vater hatte sich in der Zwischenzeit zu seiner Ehefrau gesellt, die es sich vor dem Fernseher gemütlich gemacht hatte.

»Hast du mit Tami noch einmal wegen der Party heute Abend gesprochen? Wer hat denn da vorhin so vehement geklingelt?«

»Och, nur der Sohn eines früheren Kommilitonen von mir. Dr. Professor Dirk Keller.«

»Und was wollte er? Tami zu der Party abholen?«

Tamaras Vater musste schmunzeln. »Nein, nicht ganz. Er wollte schon zu Tami, aber nicht um Party zu machen. Er wird ihr das ein mal eins des guten Umgangs beibringen.«

Die Augen seiner Frau weiteten sich. »Unserer Tami? Davon hattest du gar nichts erzählt?«

»Es ist auch eine spontane Aktion. Er ist Streetworker und weiß, wie man mit bockigen Teens umgeht. Tamara muss endlich lernen, Verantwortung zu übernehmen und dieser Besuch von Mark wird ihr eine Lehre sein.«

»Dein Wort in Gottes Ohr. Ist er denn wenigstens hübsch?«

Ihr Mann musste ein Lachen unterdrücken.

»Ich konnte unter der Schmutzschicht nicht viel erkennen. Aber wenn er seinem Vater ähnelt, ist er sehr gut aussehend.«

»Na, da bin ich ja gespannt. Du immer mit deinen spontanen Ideen.«

»Mir kam die Idee, als er mir seinen Ausweis zeigte. Dirk hat mir schon viel von seinem Sohn erzählt. Ich vertraue ihm.«

***

Mark Keller betrat die Küche, als Tamara die Nudeln auf einen Teller füllte. Fast wäre ihr das Nudelsieb aus den Händen gefallen. Er hatte die Dreistigkeit besessen, lediglich mit einem Handtuch um die schmalen Hüften im Haus herumzulaufen. *Was sollen denn Mama, Papa und Mika von mir denken?*

Der zweite Blick offenbarte ihr seinen athletischen Körper. Seine Haut war natürlich gebräunt und, was Tamara am meisten gefiel, überhaupt nicht behaart. *Sein Gesicht ist der absolute Hammer. Ist das wirklich der gleiche Mann, der heute aus der Kanalisation gekrochen kam? Der war doch ein Penner und jetzt? Diese feingeschnittenen Gesichtszüge und dann diese sanften braunen Augen. Echt süß.* Sein Haar war zwar immer noch strubbelig, aber nun glänzte es. *Wow, er sieht wirklich sehr gut aus!*

»Willst du in der Aufmachung essen?«, bekam sie endlich über die Lippen.

»Ich wollte meine dreckigen Sachen nicht mehr anziehen. Ich hab sie in eure Waschmaschine gesteckt. Morgen, wenn ich abhaue, sind sie wieder sauber und trocken.«

Ah ja, die gemeinsame Nacht. Die hat er ja auch gefordert.

Bei seinem Anblick spürte Tamara deutlich die Hitze in sich.

Hey, Tami, er ist ein Pennbruder! Rief sie sich selbst in Erinnerung. *Aber er sieht wirklich verdammt heiß aus. Wann habe ich mal die Gelegenheit mit so einer Sahneschnitte im Bett zu landen?*

Mark Keller aß in Ruhe, ließ sich von Tamara Mineralwasser einschenken und schien die Situation zu genießen.

»Im Bett hätte ich gerne eine Rückenmassage. Meine Schultern sind total verspannt.«

Ah, diesem Typen würde ich gerne noch ganz andere Stellen massieren.

Tamara fieberte der gemeinsamen Nacht nun regelrecht entgegen. Sie brauchte länger im Badezimmer als sonst. Für Mark hatte sie sich extra hübsch gemacht.

Als sie ihr Zimmer betrat, lag er so, wie Gott ihn geschaffen hatte, bäuchlings auf ihrem Bett. *Der Spaß kann beginnen!*

Tamara schwang sich rittlings auf seinen Rücken, fing an die verhärteten Muskeln mit aller Kraft zu lockern.

»So, Herr Keller, bitte umdrehen, ich möchte nun auch die andere Seite ...«

»Ah, es geht doch«, säuselte er anerkennend. Aber er machte keine Anstalten sich wie von Tamara gewünscht, herumzudrehen.

»Was geht?«, fragte Tamara verunsichert.

»Das Wort. Bitte. Ich dachte bisher, es würde nicht zu deinem Wortschatz gehören.«

»Doch, natürlich. Jetzt dreh dich bitte um, damit ich ...«

Tamara hatte sich zu ihm heruntergebeugt, um ihm die Worte verheißungsvoll ins Ohr zu flüstern. Ihre Lippen strichen sanft über seinen Hals. Mark Keller rührte sich nicht.

»Nun komm schon«, bettelte Tamara.

»Nein!«, kam die knappe Antwort, die sie auf den harten Boden der Realität beförderte.

Was soll denn das heißen? Findet er mich nicht attraktiv genug? Oder ist er schwul?

Sie konnte keine andere Erklärung finden.

Frustriert rollte sich Tamara neben ihn.

Mark drehte den Kopf zu ihr und grinste sie an.

»Du wolltest doch keinen Sex. Deine Worte. Außerdem schlafe ich nicht mit oberflächlichen Mädchen.«

»Ich bin nicht oberflächlich. Du kennst mich nur nicht richtig.«

»Tamara, so heißt du doch, oder? Ich habe dich heute gut genug kennengelernt, um mir ein Urteil über dich bilden zu können. Du beurteilst Menschen nur nach dem Äußeren. Innere Werte interessieren dich nicht und so verhältst du dich auch.«

»Das stimmt nicht. Du kennst mich nicht.«

Mark schmunzelte und Tamara fühlte sich wie Schokolade in der Sonne.

»Mein Vater ist Professor Keller, der Leiter der Uniklinik. Er hat mit deinem Vater studiert. Ich selbst habe ein Studium als Sozialpädagoge absolviert und arbeite zur Zeit als Streetworker. Geplant habe ich eine neue Anlaufstelle von obdachlosen Jugendlichen einzurichten. Ich könnte Hilfe gebrauchen.«

Tamara glaubte, ihren Ohren nicht zu trauen. *Deshalb hat Papa zu Mark gehalten. Er war eingeweiht. Was für eine Verschwörung und Mark ist auch nicht mittellos. Wahrscheinlich sogar steinreich. Wie peinlich, dass ich mich ihm so angeboten habe. Er wäre als Freund wirklich der Hauptgewinn. Was sage ich denn nun? Himmel, warum kann ich mich nicht in Luft auflösen?*

Tamara schluckte schwer, drehte sich zur Wand und spürte, dass ihr Gesicht glühte.

Mark deckte sie mit dem Bettzeug zu.

»Ich denke, dass du einsam bist und nicht weißt, was du konkret mit deiner Zeit anfangen sollst. Ich glaube, dass hinter deiner Oberflächlichkeit ein nettes hübsches Mädchen steckt, das noch nicht begriffen hat, was im Leben wirklich zählt. Das wäre eine super Möglichkeit, dass wir uns besser kennenlernen können. Du könntest mir bei der Einrichtung und Betreuung helfen. Lust und Zeit?«

Was hat er da vorgeschlagen? Er findet mich hübsch? Vielleicht besteht ja doch noch Hoffnung. Eigentlich klingen seine Worte ganz sinnvoll.

»Ja, hört sich cool an.« Sie hörte selbst, wie lahm ihre Stimme klang. Die ganze Situation verwirrte sie immer mehr. Ihre Gefühle schlugen Purzelbäume und klar denken konnte sie auch nicht mehr.

Mark richtete sich auf, grinste sie zufrieden an.

»Ich freue mich. Morgen hole ich dich um 14.00 Uhr ab.«

»Sag mal, was hast du eigentlich in der Kanalisation gemacht?«

Lächelnd schüttelte er den Kopf.

»Das ist eine superdoofe Geschichte, die mir da passiert ist. Wenn du magst, erzähle ich sie dir morgen. Aber heute nicht mehr.«

Er griff die Decke, in die er sich verhüllte, küsste sie auf die Nase und stand auf.

»Wohin willst du?«, fragte sie verdattert.

»Na, ich schlafe auf der Couch. Damit wir nicht auf dumme Gedanken kommen. Bis morgen, Prinzessin.«

Er zwinkerte ihr zu und ließ sie allein.

***

Als Tamara am nächsten Morgen erwachte, war Mark bereits fort.

Habe ich das alles nur geträumt? Aber er will mich doch um 14.00 Uhr abholen. Wird er wirklich kommen?

Sie musste Kira unbedingt diese verrückte Story berichten.

Ihre Busenfreundin reagierte anders, als sie es sich vorgestellt hatte.

»Du wolltest mit diesem Penner poppen? Sag mal, geht's noch bei dir? Wie weit bist du denn gesunken?

Lass dir doch nicht so einen Scheiß von ihm erzählen. Du Doofe, willst auch noch für den ackern und dich um Assis kümmern. Du bist echt nicht mehr dicht. Streich meine Nummer! Du hast bald andere Freunde, Problemkids und weiteren Abschaum.«

Kira beendete das Gespräch abrupt und Tamara konnte die Reaktion ihrer Freundin nicht fassen.

Mark Keller erschien pünktlich. Immer noch von dem Telefonat verstört, öffnete sie ihm die Tür und weinte, als sie ihm die Geschichte von Kira erzählte.

Mark nahm sie in die Arme, strich ihr sanft über das Haar.

»Weißt du, Tami, manche Menschen brauchen länger, um zu erkennen, was wirklich wichtig im Leben ist. Manche lernen es auch nie. Du bist auf dem besten Weg und du bist auch nicht allein. Sollen wir fahren?«

Sie nickte und genoss seine Umarmung. Ihr war in dieser verrückten Nacht so vieles klar geworden. *Mark hat recht. Was nützt es hübsch zu sein, wenn man dafür oberflächlich ist und keine echten Freunde hat?*

Dieses herzliche warme Gefühl, was Mark ihr entgegenbrachte, war mit keinem Geld der Welt zu bezahlen.

Julia Coenen, 9 Jahre

„Sollen sich alle schämen,

die gedankenlos sich der Wunder der Wissenschaft und Technik bedienen

und nicht mehr davon erfasst haben als eine Kuh von der Botanik der Pflanzen,

die sie mit Wohlbehagen frisst."

- Albert Einstein -

Die brave Tochter

von Frank Vollmann

Es war einmal ein Müller, um genau zu sein, ein Herr Klaus Müller.

Wie jeden Abend, wenn er noch Geld hatte, ging er in eine kleine Kneipe, die sich in einer Nebenstraße vom Hauptbahnhof Berlin befand. Es war immer ein großartiges, erhabenes Gefühl. Jedes Mal war er sich sicher, heute würde es klappen, heute würde er gewinnen. Doch das Glück war nicht auf seiner Seite. Nach kleineren Gewinnen folgten immer größere Verluste.

Seine hübsche Tochter, die er nach dem Tod seiner Frau alleine aufzog, hatte nur noch Mitleid und jeglichen Respekt vor ihrem Vater verloren. Doch sie war sein ganzer Stolz, er wollte ihr ein besseres Leben bieten.

So betrat er auch an diesem Abend den Nebenraum der Kneipe. Außer Müller selbst waren noch vier andere Herren anwesend. Drei davon kannte er und hatte im Laufe der Zeit schon einiges an Geld an sie verloren. Der Vierte jedoch war das erste Mal dabei. Ein unsympathischer Kerl, wie er im Buche stand. Lederjacke, ein goldenes Kettchen hing um seinen wabbeligen Hals und dazu eine Vokuhila Frisur, wie sie eigentlich heute keiner mehr trug.

Viele Stunden später war der Raum voller blauem Dunst, der sich wie eine dicke Wolke in dem Raum ausbreitete. Man konnte in dieser Luft kaum noch atmen.

Den ganzen Abend über hatte Klaus Pech gehabt. Jetzt war nur noch Geld für einen letzten Einsatz übrig, für eine allerletzte Chance. Die Alternative wäre gewesen, aufzuhören und das Geld für den wöchentlichen Essenseinkauf für sich und seine Tochter zu verwenden.

Schweißperlen standen auf seiner Stirn, als er die beiden ersten Karten aufnahm, es waren zwei Asse. Jetzt durfte er sich nur nichts anmerken lassen, ganz ruhig bleiben, ermahnte er sich selbst. Mit zittrigen Fingern setzte er seinen Einsatz. Starrte mit aller Konzentration auf sein Kartenblatt und nicht in die Gesichter der Mitspieler. Nach und nach stiegen alle aus. Am Ende blieben Piet, der Unsympath und Klaus übrig. Dann wurden die ersten drei Karten in die Mitte gelegt. Ass, König und eine Zwei. Kurz huschte ein Grinsen über Klaus Gesicht, doch es war auch ein Hauch Bitterkeit dabei. Jetzt bekam er sein Blatt und hatte nichts mehr zum Setzen.

»Klaus, du hast doch eine hübsche Tochter, wie ich hörte«, riss ihn Piet aus seinen Gedanken. Piet zwinkerte ihm verschwörerisch zu. Die Anderen im Raum begannen zu feixen.

«Ja, das habe ich. Nur was hat das hiermit zu tun?«

Klaus wusste beim besten Willen nicht, was Piet damit andeuten wollte.

»Okay, pass auf! Du bist pleite und ich will dir eine Chance geben. Ich biete dir alles, was du verloren hast und verdoppele es gegen einen Abend mit deiner Tochter. Du entscheidest.«

Drei Asse, ich muss es nutzen, das kann nicht mehr schief gehen.

»Also gut, der Deal gilt. Ich werde sie überreden, sich mit dir zu treffen, wenn du gewinnen solltest.«

Ein überlegenes Lachen begleitete seine Worte.

Mit stolzgeschwellter Brust drehte Klaus die vierte Karte herum. Ein König. Nun hatte er ein Full House mit Assen und Königen. Das würde reichen, und da er das Pokern liebte, legte er noch einen nach.

»Wenn du noch deine Rolex einsetzt, dann werde ich ihr sogar erzählen, was für ein netter Kerl du doch bist, vielleicht wird sie dann sogar noch einen zweiten oder dritten Abend mit dir verbringen wollen.«

Piet nahm seine Uhr ab und legte sie auf den Tisch. Es wurde ganz still im Raum. Mit einem emotionslosen Blick legte er seine Karten in die Mitte des Tisches. Zwei Zweier. Mit der Aufgedeckten hatte er nun einen Drilling. Klaus legte seine Karten siegessicher daneben.

»Tja, mein Lieber, das sieht nicht gut für dich aus. Endlich dreht sich das Glück zu meinen Gunsten.«

In Gedanken sah er sich schon mit dem vielen Geld auf den Heimweg machen.

Doch dann war das Entsetzen groß, ungläubig starrte er auf die fünfte und damit letzte Karte, die aufgedeckt wurde.

Schweiß rann ihm den Rücken hinab. *Das konnte doch nicht sein, nein das durfte nicht wahr sein!* Es war eine Zwei. *Dieser Scheißkerl hat tatsächlich einen Vierling.* Damit gewann wieder einmal ein Anderer.

Piet legte ihm eine Visitenkarte hin, stand auf, sammelte sein Geld ein und legte sich seine Uhr wieder um.

»20.00 Uhr würde mir passen. Sorge dafür, dass sie pünktlich ist und sich etwas Nettes anzieht.«

Dann verließ er den Raum. Klaus warf einen kurzen Blick auf die Karte, die ihm Piet gegeben hatte. Club Jennifer, Table Dance & More, Oranienburgerstr. 105.

Ohne ein weiteres Wort, jedoch mit einem mulmigen Gefühl in der Magengegend und einem unbewegten Gesichtsausdruck, verließ Klaus den Raum und ging mit bleiernen Schritten nach Hause.

***

Julia saß in ihrem Zimmer und chattete mit ihrer besten Freundin Simone.

Auch wenn sie sich jeden Tag in der Schule sahen, es gab immer etwas zu tratschen, wie es unter den meisten 17 Jährigen so üblich ist. Gerade als sie bei ihrem Lieblingsthema waren, dem neuesten Schulklatsch 'Wer mit Wem', hörte sie die Wohnungstür, die geöffnet wurde. Es folgten schlurfende Schritte und sie wusste sofort, dass ihr Vater wieder viel Geld verloren hatte. Schon lange hatte sie es aufgegeben, ihm danach Trost zu spenden.

Nach wenigen Minuten hörte sie seine Schritte, die sich zögerlich auf ihr Zimmer zubewegten. Kurz verharrten sie vor der Tür, ehe er anklopfte. Von einem tiefen Seufzer begleitet, bat sie ihren Vater hineinzukommen. Sie sah, dass er kreidebleich war, also war wieder einmal etwas Schreckliches passiert. Julia schaute ihn ernst an, bevor sie ihn ansprach. In diesem Augenblick war nicht mehr viel von ihrem hübschen Gesicht zu erkennen.

Die sonst so weichen Gesichtszüge wandelten sich zu einer ausdruckslosen Maske.

»Was ist denn jetzt schon wieder passiert, wie viel hast du heute verloren?«

Bitterkeit und Enttäuschung waren in ihrer Stimme.

Ihr Vater senkte den Blick. Er schämte sich vor ihr, so wie immer, wenn er verloren hatte. Ohne sie anzusehen, hob er seinen Kopf ein wenig.

»Das Geld ist schon schlimm, aber ich habe heute noch mehr verloren.«

Mit brüchiger Stimme kamen seine Worte stockend aus seinem Mund.

Was denn jetzt noch?, dachte Julia ungeduldig, aber auch angstvoll über das, was nun kommen würde.

»Was ist denn passiert? Nun sag schon! Spann mich nicht so auf die Folter.« Ungeduldig spielte sie mit der Maus des PCs.

Dann schien sich ihr Vater zu sammeln, setze an, um ihr die ganze Wahrheit zu sagen.

»Bitte flippe jetzt nicht aus, es ist alles halb so schlimm, auch wenn es sich im ersten Moment furchtbar anhört. Ich habe um dich gespielt.«

Bei den Worten knetete er seine Finger nervös, bis einige Fingerkuppen rot wurden.

Julias Reaktion ließ nicht lange auf sich warten. Kaum, dass er es ausgesprochen hatte, war sie aufgesprungen und baute sich vor ihm auf. Auch wenn es bei ihrer Körpergröße nicht sehr beeindruckend erschien, es war die Geste, die hier zählte. Wütend funkelte sie ihren Vater an.

»Sag mal, spinnst du jetzt total? Wie, du hast mich verspielt?«

Sie konnte sich nicht vorstellen, was genau er damit meinte. Ihre sonst so schönen großen blauen Augen verengten sich zu kleinen Schlitzen und ihre langen schwarzen Haare wirbelten umher, während sie auf seine Erklärung wartete und dabei durch den Raum lief.

»Also gut«, begann er langsam.

»Ich hatte fast alles zurückgewonnen. Es war ein so tolles Blatt. Ach, es ist doch nur ein Abendessen. Einmal mit ihm essen gehen, und dann verspreche ich dir, werde ich nie wieder Karten anfassen.«

Tränen sammelten sich in seinen Augen, die müde und leer wirkten.

Bedächtig setzte sich Julia wieder auf ihren Stuhl, bewegte die Maus hin und her. Dann schaute sie ihren Vater an, traurig und resigniert.

»Also gut, ich werde es machen. Aber danach ziehe ich hier aus. Ich habe eine Freundin, die in einer WG wohnt. Sie hat mir schon oft angeboten, dass ich zu ihr ziehen soll. Und versuche ja nicht, mich davon abzuhalten.«

Nach ihren Worten widmete sie sich erneut ihrem PC und wartete, bis ihr Vater das Zimmer verließ, um sich dann weinend auf ihr Bett zu schmeißen. In diesen Momenten vermisste sie ihre Mutter besonders.

Damals war ihr Vater auch noch ein ganz anderer Mensch gewesen.

So machte sich Julia also am nächsten Abend widerwillig auf, um ihrem Vater noch ein letztes Mal aus der Patsche zu helfen.

Es war fast dunkel, als sie die Straße mit den vielen bunten Leuchtreklamen entlang ging. Ihr war gar nicht wohl bei dem Gedanken, was sie erwarten würde. Wie konnte sich ihr Vater nur darauf einlassen? Ein paar Meter vor dem etwas abseitsstehenden Haus standen einige Frauen, die Julia mitleidig ansahen.

»Was willst du hier? Mach, das du umkehrst, Kleine, das ist nicht der richtige Ort für dich.«

Julia war das alles nicht geheuer, aber sie hatte es ihrem Vater nun einmal versprochen. Sie ignorierte die Warnungen und ging weiter auf das Haus zu.

Aus einer dunklen Toreinfahrt erklang erneut eine Stimme.

»Was suchst du hier, Kleine? Dreh um, das ist kein gutes Pflaster für dich.«

Doch wieder ignorierte sie die Warnung. Jetzt war es auch zu spät, um umzukehren.

Sie hatte bereits das Haus erreicht. Ein altes, alleinstehendes Gebäude. Im Gegensatz zu den anderen Häusern in der Straße leuchtete hier keine bunte Reklame, die auf das Haus aufmerksam machen sollte.

Mutig nahm sie die Stufen nach oben und drückte gegen die Tür. Da diese nicht verschlossen war, ging sie mit zittrigen Knien in das Gebäude und befand sich in einem großen Raum.

Auf einer Seite waren kleine Tische mit jeweils vier Stühlen, die alle auf eine kleine Bühne ausgerichtet waren. Auf der anderen Seite war eine Theke, an der in Reih und Glied einige Hocker standen.

Als Julia sich dem Tresen näherte, konnte sie eine in die Jahre gekommene und etwas pummelige Frau erkennen, die sich auf einem der Barhocker niedergelassen hatte.

Julia musste lächeln, als sie die blonde Perücke entdeckte, die einfach zu dieser Frau passte. Alles an ihr wirkte billig und runtergekommen. Wie der ganze Laden, eine ziemlich abgewirtschaftete Table Dance Bar, die heute niemanden mehr hinter dem Ofen hervor lockte. Während die Fremde nach einem Glas mit einer goldenen Flüssigkeit griff, betrachtete sie Julia abschätzend.

»Na, Kleines, was suchst du denn hier? Hast du dich etwa verlaufen?«

Julia wischte sich eine Haarsträhne aus ihrem hübschen Gesicht und versuchte selbstsicher zu wirken.

»Ich befürchte nicht, ich bin hier mit einem Piet zum Abendessen verabredet. Oder sollte ich Glück haben und er hat das Treffen vergessen?«

Plötzlich kicherte die Frau hämisch los.

»Soso, zum Abendessen verabredet? Kleines, was glaubst du, wo du hier gelandet bist? Das wird nicht bei einem Essen bleiben. Dieser Piet ist ein ganz übler Geselle.«

Das waren keine schönen Aussichten, obwohl Julia sich schon von vornherein keinen netten Abend vorgestellt hatte. Aber das jetzt selbst Bekannte von ihm, oder zumindest jemand, der ihn zu kennen schien, sagte, dass er ein übler Zeitgenosse sei, das machte das Ganze nur noch schlimmer.

Sie fischte nach ihrem Handy in der Jackentasche. Natürlich war kein Netz vorhanden. Bei dem Blick auf das Telefon sah Julia allerdings, dass es schon 20.15 Uhr war.

Vielleicht hatt er es ja wirklich vergessen, schoss es Julia durch den Kopf.

Doch dies war reines Wunschdenken, denn im gleichen Augenblick hörte sie Schritte, laute Stimmen und Lachen von mindestens drei Männern.

Auch eine weibliche Stimme war zu hören. Nur lachte diese nicht. Im Gegenteil.

Die junge Frau schien zu weinen und bettelte, man möge sie doch gehen lassen. Erschrocken und starr vor Schreck, schaute Julia zur Tür.

Bevor die Ankömmlinge das Lokal betreten konnten, hatte sich die Frau, ein Finger war warnend auf ihre Lippen gelegt, erhoben.

Sie packte Julia am Arm und riss sie hinter die Theke, dann widmete sie sich den hereintorkelnden Männern.

»Tina, mach uns was zu trinken, wir haben etwas zu feiern.«

Die Aufforderung kam von einem langen, dürren Kerl, der eigentlich schon genug getrunken zu haben schien. Während die beiden Anderen, unter ihnen Piet, die junge Frau auf einen Tisch warfen, stimmten sie ihrem Kompagnon grölend zu.

Julia traute sich kaum, zu atmen. Mit geschlossenen Augen folgte sie ihrem Instinkt und drückte die Aufnahmetaste ihres Handys.

Am liebsten hätte sie sich die Ohren zugehalten, traute sich jedoch nicht, sich auch nur einen Millimeter zu bewegen. Die Gesprächsfetzen, die sie mitbekam, die Geräusche und das Wimmern der Frau ließen keinen Zweifel, dass die Männer sich gerade daran machten, sie zu entkleiden.

Tina stellte die vollen Gläser geräuschvoll auf den Tresen. Die Wirkung, die sie erreichen wollte, ließ nicht lange auf sich warten.

Wie Hunde, die seit Langem nichts mehr getrunken hatten, stürzten sie zur Theke. Es dauerte nicht einmal zwei Sekunden und sie hatten ihre Gläser geleert.

Hätte sich Julia nur die Ohren zugehalten. Denn die nächsten Minuten waren furchtbar. Während die Männer weiter ihren Spaß hatten, fing die junge Frau laut zu schreien an.

Dann hörte sie einen der Männer fluchen: »Dieses verfluchte Biest hat mich gebissen, verdammt!«

Gleichzeitig war ein lautes Klatschen zu hören, dann hörte man nur noch die drei Männer.

»Piet, du hast uns noch etwas für heute versprochen. Was ist denn nun damit?«

»Tina, war am Abend ein Gör hier?«

Erst jetzt schien Piet wieder daran zu denken, dass er ja noch seinen Gewinn hatte.

»Nein, Piet, hier war niemand.«

Schnell schüttete Tina die Gläser wieder voll, um ihn ein wenig abzulenken. Das laute Hinstellen der Gläser schien wie ein Kommando für die Männer zu sein. Sie ließen von ihrem Opfer ab, um sich erneut den Getränken zu widmen.

Im Gegensatz zu der aufputschenden Wirkung, die der Alkohol eben noch zu haben schien, war es dieses Mal ganz anders. Nach wenigen Minuten wurden sie sehr ruhig, bis plötzlich ein erst leises, dann lauter werdendes Schnarchen einsetzte.

»Komm her und dann hau ganz schnell ab!«

Ängstlich blickte Julia auf, um sich dann doch leise zu erheben und hinter der Theke hervorzukommen. Der erste Blick galt der jungen Frau, die entblößt auf dem Tisch lag und vollkommen apathisch an die Decke starrte.

»Ich kümmere mich um sie, die widerlichen Typen werden eine Weile schlafen, dafür habe ich gesorgt.«

»Danke, du bist sehr nett zu mir gewesen, ich hatte wohl riesiges Glück.«

Ein dankbarer Blick in Richtung ihrer Retterin, dann machte sich Julia ohne ein weiteres Wort auf und verließ das Lokal so schnell sie konnte.

Endlich wieder draußen atmete sie die frische Luft, die in diesem Moment so kostbar und befreiend wirkte, ein. Auf dem Weg nach Hause kam der Ärger über ihren Vater zum Vorschein. Was hatte er sie doch leichtfertig in Gefahr gebracht! Ohne nach links oder rechts zu schauen, nahm sie den restlichen Weg in Angriff.

***

Piet nahm das Handy aus der Tasche und den Anruf entgegen.

Er hatte immer noch erhebliche Kopfschmerzen von der letzten Nacht und konnte sich kaum noch an etwas erinnern. In der Hand hielt er ein Glas mit einer aufgelösten Aspirin Tablette. Überraschend für ihn, stellte sich der Anrufer als Julia heraus. Während sie die ersten Worte sprach, kippte er das Glas in einem Zug in sich.

»Hallo ,Piet, das hat ja gestern nicht so ganz geklappt. Ich hatte mich etwas verspätet, und als ich dann endlich da war, waren deine Freunde und du eingeschlafen. Da ich aber die Schulden für meinen Vater bezahlen möchte, was denkst du, klappt es heute Abend?«

42

Julia hörte sich absolut selbstbewusst an. Sie setzte sogar noch einen drauf.

»Vielleicht mögen deine Freunde ja auch kommen, das könnte doch ganz lustig werden.«

Ein breites Grinsen huschte über Piets Gesicht. Er strich sich über sein unrasiertes Kinn, überlegte kurz.

»Also gut, aber sei heute pünktlich, sonst ist dein Vater dran, dann kannst du ihn nicht mehr retten.«

»Ja, ich werde pünktlich sein.«

Schnell legte sie das Handy beiseite und ging an ihren Rechner, um ein wenig mit ihrer Freundin zu chatten.

Pünktlich um 20.00 Uhr erreichte sie das Lokal. Wieder wurde sie von den Damen auf der Straße argwöhnisch betrachtet und angehalten, sich doch von dem Haus und der Gegend fernzuhalten. Doch Julia wirkte heute noch sicherer in ihrem Handeln, lächelte den Frauen sogar zu.

***

Dann hatte sie ihr Ziel erreicht. Einmal noch atmete sie tief durch, öffnete die Tür und betrat den Club.

An der Theke saß Tina, es wirkte, als hätte sie sich seit gestern nicht bewegt. Sie hatte die gleichen billigen Sachen wie den Tag zuvor an. Nur heute schmückte sie ein blaues Auge auf der linken

Gesichtshälfte. An einem der Tische saß Piet mit seinen Freunden. Sie sagten kein Wort, nicht einmal ein Lachen kam von ihnen. Julia nickte kurz Tina zu, dann näherte sie sich vorsichtig Piets Tisch.

»Guten Abend, da bin ich. Wie versprochen.«

Julia schaute erwartungsvoll in die Runde, ob jemand eine Reaktion zeigen würde. Doch die Männer blieben stumm, schauten sie nur abschätzend an. Dann durchbrach der dürre Kerl das Schweigen, er wies auf den freien Platz, der neben ihm war.

»Dann setze dich mal her. Und, Tina, mach uns etwas zu trinken.«

Dabei warf er ihr einen bösen und einschüchternden Blick zu.

»Aber dieses Mal ohne Beigeschmack.«

Er drehte seinen Stuhl ein wenig, um Julia genauer zu betrachten. Prüfend wanderte sein Blick über ihren Körper.

»So, du warst also gestern nicht da und bist deshalb heute hergekommen?«

Hatte Tina ihnen doch alles erzählt? Jetzt wurde es Julia etwas mulmig.

Fragend schaute sie zu Tina rüber. Doch diese war mit dem Einschenken der Gläser beschäftigt. Sie machte heute auch nicht mehr den mutigen Eindruck von gestern und hatte sich bestimmt in keinster Weise geäußert. Jetzt nahm Julia ihren ganzen Mut zusammen. Es würde wohl auch nichts nützen, wenn sie es leugnete. Das Risiko war ihr dann doch zu groß.

»Doch, ich war hier und habe gehört, was ihr der armen Frau angetan habt. Aber ich werde niemanden etwas erzählen.«

Jetzt schaute sie Piet direkt an, mit aller Anstrengung hielt sie seinem grimmigen Blick stand.

»Ich möchte einfach nur, dass die Schuld meines Vaters damit beglichen ist.«

Gespannt wartete sie auf eine Reaktion. Diese folgte dann auch zugleich.

»Kleines, du glaubst doch nicht, dass du mit diesem Wissen hier wieder raus kommst.«

Piet blieb gefährlich ruhig. Ohne seine Stimme zu erheben, kam seine eindeutige Antwort. Julia schluckte, schaute ängstlich in die Runde. Doch Piet war noch nicht fertig.

»Das, was gestern hier gelaufen ist, meine Süße, das war nur der Aufgalopp zu dem, was heute abgehen wird.«

Er nahm sein Glas auf. In der Zwischenzeit hatte Tina auch an die anderen weiter ausgeschenkt.

Kaum dass sie ihre Getränke ausgetrunken und die Gläser wieder zurück auf den Tisch gestellt hatten, war ein lautes Gepolter und Stimmen zu hören.

Dann krachten kleine Gegenstände in den Raum und verbreiteten in Bruchteilen von Sekunden Rauchschwaden. Für Julia ging das alles viel zu schnell, sie konnte dem Ganzen nicht folgen und erwachte erst aus ihrer Starre, als sie an beiden Armen gegriffen und zum Ausgang gezogen wurde. Neben zwei Polizisten in Zivil stand ihr Vater mit besorgter Miene.

»Kind, was machst du hier, was hat das alles zu bedeuten?«

»Du hast mich in diese Situation gebracht! Es ist deine Schuld, dass ich das erleben musste. Ich möchte dich nicht mehr sehen. Du bist krank und solltest dir schnell Hilfe holen!«

Er wollte zu ihr, um sie in den Arm zu nehmen. Doch Julia wich ihm aus und schaute ihn nur traurig an, bevor sie sich an die Polizisten wandte, mit denen sie am Morgen noch gesprochen hatte.

»Ich hoffe, sie können auch Tina helfen, denn ohne sie, wäre ich nicht mehr da.«

Sie griff unter ihre Jacke, drückte dem Polizisten das Mikrofon in die Hand.

Mit leichten Schritten eilte sie nach draußen und atmete die frische, befreiende Luft ein.

Becky Wirth, 9 Jahre

*„Das Durchschnittliche gibt der Welt ihren Bestand, das
Außergewöhnliche ihren Wert.“*

-Oscar Wilde-

Becky Wirth, 7 Jahre

„Nur wer Erwachsen wird und ein Kind bleibt, ist ein Mensch."

-unbekannt-

Freaky Animals

von Talira Tal

*E*s war einmal ein Drummer, der hatte es echt drauf. Sehr oft spielte er für sich alleine und versank, wenn er trommelte, in seiner eigenen Welt. Dann hatte er kein kaputtes Bein und hinkte auch nicht. Dann lachte ihn deshalb keiner aus. Fangen mit es war einmal nicht alle Märchen an?«

Ich saß am Lehrerpult meiner alten Schule, viele Augenpaare hingen an meinen Lippen. Meine Krücke lehnte griffbereit an der Wand. Ein Mädchen kam nach vorne gelaufen.

»Darf ich ein Autogramm haben, Tobi?«

Ich hatte mich immer noch nicht daran gewöhnt, dass so hübsche Mädchen ausgerechnet mich nach einem Autogramm fragten. Ich unterschrieb ein Foto, welches mich mit meinen Bandmitgliedern zeigte. Vor einem Haus standen wir so übereinander wie die Bremer Stadtmusikanten. Ich stand mit meiner Gehilfe ganz unten. Dennis stand auf einer Bank hinter mir. Cat saß auf seinen Schultern und Basty blickte über ihrem Kopf aus einem Fenster. Wir waren wirklich ein super Team, genau, wie die vier Tiere es in dem Märchen waren.

»Ich wollte euch von der Entstehung unserer nun sehr bekannten Band Freaky Animals erzählen. Es ist auch meine Geschichte. Eine Geschichte, wie ich gelernt habe, mein Schicksal anzunehmen und echte Freunde zu finden.«

Das Gemurmel in der Klasse war verebbt und ich glitt mit meiner Erzählung in die Vergangenheit.

»Wie gesagt, seit meiner Geburt habe ich ein kaputtes Bein und wurde von den anderen als Krückenspinner gehänselt.«

»Das ist aber gemein«, rief ein pickelgesichtiger Junge, der kleiner als die anderen war und gleich vorne in der ersten Bank saß. Er schien zu wissen, wovon ich sprach.

Ich nickte dem Jungen zu. Ich würde die seelischen Schmerzen, die ich damals erlebte, wohl nie mehr vergessen.

»Ja, aber Menschen sind grausam zu allen, die anders sind als sie selbst. Ich war auch nicht viel besser, obwohl ich es bestimmt hätte besser wissen müssen. Da gab es ein Mädchen auf meiner Schule ... aber ich halte mich nicht an die Reihenfolge. Ich wollte euch doch erzählen, wie ich den coolen Dennis kennenlernte.«

Ein Raunen ging durch die Reihen, das ausschließlich von den anwesenden Mädchen stammte.

»Ja, Dennis war schon immer der Schwarm der Damenwelt. Ich beneidete ihn, nicht nur wegen seines Äußeren. Dennis wurde auf jede Party eingeladen und alle wollten mit ihm befreundet sein. Ausgerechnet Dennis sprach mich eines Tages an. Er hätte von seiner Tante, die mich bereits auf einem Geburtstag live erlebt hatte, gehört, wie gut ich spielen könnte. Er würde singen, ob wir nicht zusammen Musik machen könnten?

Ich glaubte zu träumen. Dennoch fand ich es wieder einmal superungerecht im Leben. Dennis, der so toll aussah, konnte auch noch singen.«

»Aber Dennis spielt doch Gitarre«, rief ein Mädchen aufgeregt.

Ich schmunzelte, ging aber nicht weiter auf den Einwurf ein.

»Wir trafen uns nach der Schule in meinem Proberaum im Keller. Dennis Gesang war eine Katastrophe. Aber er war von sich überzeugt und das imponierte mir. Wir hatten trotzdem viel Spaß an diesem Nachmittag und dann verriet mir Dennis noch, welches Mädchen ihm besonders gut gefiel. Da wäre mir beinahe der Kit aus der Brille gefallen.«

`Für mich ist Kati die absolute Traumfrau´, gestand er mir.

Ich konnte es nicht fassen, dass er ausgerechnet auf Katharina Jansen, der Gruftspinne, wie ich sie für mich getauft hatte, stand.

Ich verstand ihn einfach nicht. Er konnte jede haben. Warum musste es ausgerechnet die Gothic-Braut sein?«

Die Schüler kicherten während ich mir einen Schluck Wasser, das extra für mich bereitgestellt wurde, genehmigte.

»Ihr kennt Kati ja alle. Sie trug damals schon die schwarzen Klamotten und den Nietenschmuck. Genau wie um mich, machten die anderen immer einen großen Bogen um sie. Ich war wütend, sie hatte es in der Hand, dass man sie akzeptieren würde. Ich nicht! Sie hatte sich absichtlich in die Rolle der Außenseiterin begeben.«

»Ich finde sie auch süß«, outete sich ein schlaksiger Junge mit Pferdeschwanz.

»Ich fand sie keinesfalls süß und ich hasste ihr Parfüm. Sie benutzte Patchouli. Kann mir einer sagen, warum man freiwillig nach verrotteter Erde stinken will?«

Ich sah die Schüler an und entdeckte nur grinsende Gesichter. Sie schienen meine Ansicht nicht zu teilen. Komisch, wie schnell sich die Zeiten änderten.

»Jedenfalls war Dennis total in sie verschossen und wollte sie in unserer Band haben. Als er deshalb eine Abfuhr von ihr erntete, bat er mich, mit Kati zu sprechen. Nur weil ich Dennis wirklich mochte, sprang ich über meinen Schatten und fragte sie in einer Pause. Sie reagierte ablehnend und machte mir schnell klar, dass sie spüren würde, dass ich sie nicht leiden konnte. Ich verplapperte mich, dass ich ihr Patchouli abartig fand und dass Dennis sie wirklich mochte. Das schmeichelte ihr, sodass sie doch noch zustimmte. Sie machte mich darauf aufmerksam, dass sie Cat genannt werden wollte.

Ich erinnerte mich, wie nervös ich an diesem Nachmittag war. Wie würde Cat auf Dennis schrägen Gesang reagieren? Sie kam zwanzig Minuten zu spät und hatte einen Streber aus der Parallelklasse im Schlepptau. Ihr kennt ihn ja alle.«

»Basty«, riefen einige Schüler begeistert im Chor.

»Ja, unser oberschlauer Professor. Jedenfalls wurde er früher so verschrien. Die anderen mieden ihn auch, weil er immer alles wusste und meistens nur Einsen schrieb. Er war ihnen unheimlich. Ich schüttelte über die Mischung von unterschiedlichen Charakteren nur den Kopf. Ein American Dreamboy, eine Gruftspinne, ein Computergehirn und ein Krüppel, Freakschow komplett.«

Die Klasse lachte wegen meiner Worte und jetzt konnte ich sogar mitlachen.

»Früher wäre es für mich undenkbar gewesen. Ich vergrub mich in Selbstmitleid, sah alles nur schwarz. An diesem Tag unterhielt ich mich länger mit Basty und erfuhr viel Positives über Cat. Sie hatte sogar meinetwegen auf ihr heißgeliebtes Patchouli verzichtet. Ich musste mein Bild über die beiden wirklich revidieren. Hier an dieser Stelle will ich euch etwas sehr Wichtiges mit auf den Weg geben: Man sollte niemals auf andere hören und sich immer seine eigene Meinung über jemanden bilden! Hätte ich das nicht getan, würden wir zusammen nicht so heiße Musik machen und wären niemals so erfolgreich geworden.«

Einige nickten mir zu und ich hoffte, sie mit meinen Worten wirklich erreicht zu haben.

»Wir wurden immer besser. Cat schrieb wirklich superkrasse Texte, die Dennis versuchte gesanglich umzusetzen. Eines Tages hatte Dennis uns zu einem Songcontest in Bremen angemeldet. Ich rechnete uns null Chancen aus, freute mich aber auf das Abenteuer. Ich hatte endlich Freunde gefunden, auf die ich mich immer verlassen konnte.

Zum ersten Mal in meinem Leben stellte ich mir nicht mehr die Frage, warum ausgerechnet ich.«

»Und dann? Erzähl doch bitte, wie ihr die berühmte Band wurdet, Tobi«, rief ein Schüler.

»Ich erinnere mich gerne an die Fahrt nach Bremen. Obwohl es wirklich sehr anstrengend für die anderen und für mich war. Aber alles hat eben seinen Preis. Wir waren gerade in Bremen angekommen und sollten bei einer Gastfamilie übernachten, die ich von zu Hause aus kontaktiert hatte. Leider hatte diese bereits eine andere Band aufgenommen, die Frau hatte mich irgendwie falsch verstanden. Geld für ein Hotel hatten wir nicht und so irrten wir ziellos am Stadtrand umher.

An einem heruntergekommenen Haus blieben wir stehen. Die Fensterscheiben waren eingeworfen und die Wände mit Graffiti beschmiert.

`Ich bin müde´, maulte Cat. `Lasst uns hier ein bisschen ausruhen.´

Ich stimmte ihr zu. Mein kaputtes Bein tat weh und ich wollte es nur ein bisschen hochlegen.

`Ihr wollt wirklich in diese Bruchbude?´, warf Dennis in die Runde.

Cat funkelte ihn wütend an: `Braucht der Prinz etwa einen Palast?´

Dennis mochte keinen Stress mit Cat. Er war immer noch verknallt in sie. Ich hatte sie einmal sogar beim Küssen beobachtet. Er gab nach. Als wir das Haus betreten wollten, hörten wir Stimmen, die aus dem Inneren kamen.

`Du blöder Dönerfresser ... ´ `Ich will nach Hause´, wimmerte eine Jungenstimme.

`Träum weiter, doofer Türke.´

Ein Schmerzensschrei folgte.

Uns war klar, dass da einer zusammengeprügelt wurde. Uns war auch klar, dass wir dem Jungen helfen mussten. Basty, unser helles Köpfchen, schlug vor, um das Haus herum zu gehen und sich so eine Übersicht zu verschaffen.«

Ich sah meinen Zuhörern an, wie gespannt sie waren. Die Wangen waren gerötet und die Lippen stark aufeinandergepresst.

»Auf der Rückseite befand sich dichtes Gestrüpp. Dahinter konnten wir uns verstecken und durch ein Fenster gucken. Das, was wir sahen, ließ uns das Blut in den Adern gefrieren.«

Ja, vielleicht übertrieb ich es etwas mit meiner Spannung, aber ich genoss diese Macht, die ich gerade über meine Zuhörer in der Klasse besaß.

»Was, was war denn da?«, fragte eine zitternde Jungenstimme.

Ich wollte sie nicht länger auf die Folter spannen.

»Es waren Rechtsradikale. Gleich drei Stück auf einmal. Ihre Köpfe waren kahl rasiert. Sie trugen Armeekleidung und derbe Springerstiefel mit Stahlkappen. Die drei standen um einen schwarzhaarigen Jungen, der gekrümmt am Boden lag, herum.

`Der arme Junge. Wir müssen ihm helfen.´ Wir merkten Cat an, dass sie am liebsten direkt ins Haus gesprungen wäre.

`Ja, wir müssen ihm helfen. Aber gegen diese Typen haben wir keine Chance. Das sind Brutalos und die würden uns mit dem Jungen gleich mit zum Abendessen verspeisen´, gab Sebastian zu bedenken.

Ich selbst konnte mich auch schlecht im Zaum halten. Obwohl ich mit meiner Behinderung wahrscheinlich die wenigsten Chancen gegen sie hätte.«

Ich würde die Schreie des Jungen wohl nie mehr vergessen. Auch jetzt hallten sie in meinen Ohren.

»`Wir müssen die Polizei rufen. Dennis gib mir mal dein Handy oder ruf selbst die Polizei an´, forderte Basty Dennis auf.

Dennis zuckte schuldbewusst mit den Schultern. `Mein Akku ist leider leer.´

`Na wunderbar. Wir müssen diese Typen aus dem Haus jagen. Lasst mich mal machen, ich habe eine Idee´, forderte uns Basty auf.

Sicherlich war unserem Professor wieder eine geniale Lösung eingefallen.

Dennis kramte das akkubetriebene Mikrofon der Band aus seinem Rucksack und schaltete es ein.

`Achtung! Achtung! Hier spricht die Polizei. Das Gebäude ist umstellt. Wir wissen, dass Sie im Haus sind und einen Jungen gefangen halten. Wir sind schwer bewaffnet. In zehn Minuten stürmen wir das Haus.´

`Hoffentlich geht das gut.´ Cats´ Stimme klang unsicher.

Aber als die glatzköpfigen Gestalten nur wenige Minuten später an uns vorbeirannten, mussten wir Basty wieder einmal recht geben.«

Ein erleichtertes Raunen ging durch die Klasse und ich nahm noch einen großen Schluck Wasser.

»Wir gingen ins Haus zu dem Jungen. Er stellte sich uns als Murat vor. Murat wollte uns mit zu seiner Familie nehmen. Sie hätten zwar nur eine kleine Wohnung, die sie schon mit sechs Personen bewohnten, aber auf einen mehr oder weniger käme es auch nicht an.

Cat lehnte im Namen der Band das freundliche Angebot ab.

`Das ist wirklich sehr lieb von dir, Murat. Aber ich denke, dass wir die Nacht hier verbringen werden.

Es sieht doch so weit alles ganz wohnlich aus und die Fieslinge werden sicherlich nicht so schnell zurückkommen.´

`Wie ihr wollt. Ihr seid in meiner Familie herzlich willkommen.´

»Was ist dann passiert?«, fragte der Junge aus der ersten Reihe wieder.

»Nun wir schliefen recht schnell ein. Mitten in der Nacht wurde ich von einem Geräusch geweckt.«

»Was war das?«, fragte ein Mädchen aus der hintersten Reihe.

»Es waren Schritte, die von festem Schuhwerk herrührten. Ich rief nach meinen Freunden: `Dennis, Cat, Basty. Hier im Haus ist jemand.´ Nach und nach erwachten sie und hörten es ebenfalls. Im Zimmer nebenan war jemand.

Ich wollte nicht länger warten, ehe wir überrascht werden würden. Ich griff meine Krücke wie eine Waffe und flüsterte den anderen zu. `Auf mein Kommando´. Ich humpelte zur Tür, öffnete diese und sah einem Rechtsradikalen in die erschrockenen Augen. Wahrscheinlich kam dieser zu spät zu der Geißelung des türkischen Jungen. Ich ließ ihm keine Zeit, rammte ihm meine Krücke fest in den Magen, sodass er nach Luft schnappte, strauchelte und fiel. Cat sprang auf ihn, zerkratzte ihm seine fiese Visage. Dennis zog an seinem Bein. Wir mussten dem Typen wie eine Horde wilder Tiere vorkommen. Er schrie, wie genau vorher Murat unter den vorherigen Tritten seiner Kumpanen. Dann gelang es ihm, Cat von sich zu schmeißen, aufzuspringen und sein Heil in der Flucht zu suchen. Wir vier umarmten uns, gratulierten uns gegenseitig zu der Aktion. In dieser Nacht quasselten wir noch viel über Freundschaften, Fremdenfeindlichkeit und auch über Mobbing. Bis wir dann alle in einen tiefen Schlaf fielen, der uns den Songcontest verschlafen ließ.«

»Wie seid ihr denn dann so berühmt geworden?«

»Dazu komme ich jetzt. Zum Glück hatte uns Murat seine Adresse verraten. Statt zum Contest, gingen wir zu ihm. Dort wurden wir von ihm und seiner Familie überschwänglich begrüßt. Murats Vater versprach, als Dankeschön für uns eine tolle Überraschung zu organisieren.

***

Hier begann unser Erfolg. Dem Bürgermeister von Bremen war unsere mutige Tat zu Ohren gekommen. Mit Hilfe von Murats Familie richtete er uns zu Ehren ein großes Parkfest aus. Mit Bussen kamen die Schüler unserer Schule angereist. Ich werde nie die Blicke unserer Eltern vergessen. Sie platzten vor Stolz über die Zivilcourage ihrer Kinder. Murats Familie hatte allerlei türkische Leckereien mitgebracht. Unsere Familien karrten Kartoffel-, Nudelsalat und verschiede Kuchen an. Es war für jeden Geschmack etwas dabei. An diesem Tag zeigte sich, wie harmonisch die unterschiedlichsten Kulturen miteinander feiern können.

Aber das Schönste, fand ich, war die riesige Bühne, die extra für uns errichtet worden war. Die Presse und sogar das Fernsehen waren da. Es sollte unser erster öffentlicher Auftritt werden und das vor so viel Publikum. Cat hatte überdies einen neuen Song geschrieben und als Dennis anfangen wollte zu singen, nahm sie sich ein Mikrofon und sang selbst.

Ich dachte, oh weh, Dennis würde sicherlich ausrasten, weil sie ihm die Show stahl. Cats Stimme klang fantastisch. Dennis hatte sich seine Gitarre gegriffen und untermalte ihren Gesang. Ich sah skeptisch zu ihm herüber. Er hing genau wie die anderen an ihren lilagefärbten Lippen. Er nickte ihr anerkennend zu.

Ich war in diesem Moment nicht nur glücklich über unseren Erfolg. Ich war vor allen Dingen froh, so gute Freunde gefunden zu haben. So begann unsere steile Karriere.«

***

Die Schüler klatschten begeistert Applaus. Ich badete mich wie immer in der Anerkennung, das würde sich wohl nie ändern. Meine Geschichte war zu Ende. Einige holten sich noch Autogramme ab, dann war ich allein in der Klasse und dachte noch einmal über meine Vergangenheit nach.

»Träumst du schon wieder, Tobi?«

Ich kannte die Stimme nur zu gut. Sie gehörte Leila, meiner Verlobten, Murats Schwester. Ich lächelte sie freudestrahlend an.

»Jeder hat doch seine Schwächen. Lass mich doch träumen.«

Sie lachte, nahm mich in die Arme und küsste mich zärtlich.

»Seni seviyorum.«

»Ich dich auch, mein Schatz!«

Julia Coenen, 9 Jahre

„Nicht der ist arm, dessen Träume nicht in Erfüllung
gingen;

wirklich arm ist nur, wer nie geträumt hat„

-Marie von Ebner-Eschenbach-

Jonas und die Fröschinnen

von Frank Vollmann

Na los! Komm schon, den einen schaffst du noch. Oh man, bitte, mach jetzt bloß nicht schlapp. Ich habe mich doch so darauf gefreut.«

Mit letzter Kraft bewegte Jonas seinen Oberkörper noch einmal nach vorne. Seine Haare klebten klatschnass vom Schweiß an seinem Kopf. Dann ließ er sich erschöpft auf seinen Bürostuhl fallen. Er konnte nicht mehr. Es hatte wieder nicht gereicht. Der Controller flog auf den Schreibtisch. Jetzt musste er das finale Level mit seiner Kämpferin Lara erneut komplett durchspielen. Immer wieder verlor er den entscheidenden Kampf.

Als er sich mit einer gehörigen Portion Energie, in Form von Cola und Chips, stärken wollte, hörte er seine Mutter nach ihm rufen.

»Jonas, Schatz, das Essen ist fertig, kommst du?«

»Ja gleich, Mama, einen Augenblick.«

In Windeseile war die Tüte Chips geleert. Ein neues Spiel musste warten. Einen letzten sehnsuchtsvollen Blick zum Abschied auf den PC, dann ging er in die Küche.

Es war schon praktisch, das er mit 26 Jahren noch das 'Hotel Mama' genießen durfte. Er brauchte keinen Unterhalt zahlen, bekam täglich seine drei Mahlzeiten und alles, was er sonst so brauchte. Seine Mutter war genügsam und kam mit der Beamtenpension aus.

Wie immer, wenn er in die Küche kam, galt sein erster Blick den Töpfen, aus denen es verführerisch duftete. Danach schenkte er seine Aufmerksamkeit seiner Mutter.

»Es riecht wieder mal verdammt lecker. Du hast mir mein Lieblingsessen gekocht. Gibt es etwas Besonderes zu feiern?«

Ohne sich, um das Tischdecken oder eine andere Art des Helfens zu sorgen, setzte er sich auf seinen angestammten Platz.

»Nein, zu feiern gibt es nichts. Aber ich möchte gerne mal mit dir reden und das lässt sich bei einem guten Mahl am besten bewerkstelligen, wie man so schön sagt.«

Dabei schaute sie mit einem wissenden Lächeln zu ihrem Sohn.

Nachdem das Essen serviert war und Jonas kräftig zugelangt hatte, betrachtete Frau Neubauer ihren Sohn. Sie war froh, dass er noch bei ihr wohnte und sie einen Mann im Hause hatte. Doch heimlich wünschte sie sich Enkelkinder. Nur was das betraf, da war ihr Filius von einer Frau so weit entfernt, wie der Mond zur Sonne. Für sie stand fest, das musste sie selbst in die Hand nehmen.

»Also, mein Sohn, was ich gerne mit dir bereden möchte ...«

Ohne darauf zu achten, ob ein Einwand gegen eine Unterhaltung kam, fuhr sie fort.

»Du kennst doch Frau Stüber, die mit mir im Krankenhaus lag?«

Jonas schaute kurz auf. Sicher erinnerte er sich an die Bettnachbarin. Sie machte immer auf sich aufmerksam, wenn er seine Mutter besuchte.

»Oh ja, sicher, die alte Nervensäge.«

Jetzt kam der heikle Teil ihres Vorhabens. Sie musste ihn davon überzeugen, sein Zimmer und damit seinen heiß geliebten PC zu verlassen, um sich mit einer Frau zu treffen.

»Okay, also ...«, tastete sie sich behutsam vor.

»Dann hast du ja auch ihre Tochter gesehen. Ein hübsches Ding.

Frau Stüber macht sich Sorgen, weil Monika immer alleine ausgeht. So und nun kommst du ins Spiel.«

Jonas blickte erschrocken auf. Er sollte was? Mit einer Frau ausgehen und dann auch noch mit einer die er gar nicht kannte.

»Ich soll was? Das kann doch nicht dein Ernst sein.«

Mal einkaufen gehen oder bei schweren Sachen tragen helfen. Alles kein Problem, das machte er auch gerne dafür, das er so ein gutes Leben hier hatte, aber nun das.

»Wie stellt ihr euch das denn vor? Was wenn wir uns gar nicht mögen?«

War er das? Machte er sich Gedanken über Frauen? Es war das erste Mal für ihn.

»Komm, gib dir einen Ruck, ist doch nur ein Sonntag Vormittag.«

Dabei schaute sie ihn mit dem typischen Mutterblick an, dem wohl kein Sohn widerstehen kann.

Ach, was soll es, wenn sich seine Mutter etwas in den Kopf gesetzt hatte, dann konnte er einfach nicht ablehnen.

»Also gut, einen Sonntag. Dir zuliebe und deinem leckeren Essen.«

So traf sich Jonas wie abgemacht am darauf folgenden Sonntag mit Monika. Doch nach nur wenigen Stunden war er auch schon wieder zuhause. Seine Mutter empfing ihn voller Ungeduld.

»Nun erzähl schon. Wie war es, wo seit ihr gewesen?«

»Wir waren in der Kirche. Sie geht jeden Sonntag in die Kirche. Sie ist eine sehr gläubige junge Frau.«

Frau Neubauer schaute ihrem Sohn, der sich wieder in sein Zimmer begeben wollte, nach.

Ein tiefer Seufzer folgte und das erhoffte Enkelkind rückte wieder in weite Ferne.

Nein, das ist bestimmt nicht die Richtige für ihn. Da muss ich mir etwas anderes einfallen lassen.

Sie suchte und fand noch zwei weitere Frauen, die für ihren Sohn infrage kommen würden. Doch es war einfach nicht die Passende dabei. Immer fragte sie ihn, wie die Treffen mit ihnen waren.

»Sabine hat mich zum Essen eingeladen. Das war richtig toll, sie kann fast so gut kochen wie du.«

»Aha, na da bin ich aber neugierig. Erzähl.«

Seine Mutter machte es sich auf der Essbank gemütlich und hörte zu, wie ihr Sohn berichtete:

»Sabine hat das Essen so lange abgeschmeckt, bis es absolut fantastisch mundete.«

Oh je! Na, wenn sie jetzt schon gerne und gut isst, dann wird sich das bestimmt noch steigern und somit auch ihr Gewicht. Nein, das ist auch nicht die Richtige für ihn.

Ein weiteres Treffen fand mit Agnes statt. Auch dieses Mal war seine Mutter total aufgeregt, als er am Abend zurückkam. Heute blieb er sogar lange fort. Hoffnung keimte in ihr auf, dass es jetzt geklappt hatte. Er sah bei seiner Rückkehr ziemlich fertig aus.

»Nun, was war? Erzähl, ich bin doch so neugierig.«

Jonas schaute sie erschöpft an. Er sehnte sich nach seinem Zimmer, um heute das letzte Level seines Spiels endlich zu schaffen.

»Wir waren den ganzen Tag in der Natur. Agnes liebt das. Sie will sich später einen Bauernhof zulegen, um dort Bio Gemüse anzubauen und Tiere zu halten. Das volle Öko Programm. Und das Schlimmste, alles ohne Strom. Mit der treffe ich mich bestimmt nie wieder. Ich gehe in mein Zimmer.«

Gesagt, getan. Kurze Zeit später hörte man ihn wieder fluchen.

»Nein, nicht schon wieder im finalen Kampf.«

***

Am darauffolgenden Samstag klingelte es am frühen Morgen an der Tür. Verwundert, wer so früh schon klingeln würde, öffnete Frau Neubauer. Es war Frau Schulze aus der dritten Etage. Sie wirkte vollkommen aufgelöst.

»Frau Schulze, was führt sie denn schon um diese Zeit zu mir?«

Aufgeregt nestelte die ältere Dame an ihrer Schürze.

»Meine Enkelin, die Anna, wartet am Bahnhof und ich schaffe es nicht, sie abzuholen. Könnte ihr Sohn nicht kurz hinfahren und das für mich erledigen?«

Da Frau Schulze eine nette Nachbarin war und ihr auch schon oft mit fehlenden Zutaten fürs Kochen ausgeholfen hatte, konnte Frau Neubauer nicht anders. Sie versprach ihr, dass Jonas sich darum kümmern würde.

Es bedurfte zwar einer großen Überredungskunst und einigen Versprechen, was den Speiseplan der nächsten Wochen betraf. Doch es gelang ihr, ihren Sohn auf den Weg zu schicken.

Nach einer knappen Stunde war er wieder zu Hause und verzog sich sofort in sein Zimmer, um den abgebrochenen Schlaf nachzuholen. Drei Stunden später saß Jonas mit seiner Mutter in der Küche, um gemeinsam Mittag zu essen.

»Ich treffe mich am Nachmittag mit Anna. Sie will mich auf ein Eis einladen, als Dankeschön.«

Etwas überrascht, dass ihr Sohn alleine zu einem Date gekommen war, nahm sie dies mit Freude auf.

»Dann wünsche ich dir einen schönen Tag und ich freue mich, dass du mal freiwillig dein Zimmer verlässt. Dann kann ich dort endlich richtig sauber machen.«

Sie zwinkerte ihm zu, genau wissend, dass er nichts mehr hasste, als dass andere in seinem Zimmer seine eigene Ordnung durcheinanderbrachten. Sein Blick sprach Bände.

»Mama, wehe du machst dich dort zu schaffen, dann verlasse ich den Raum nie wieder.«

Sie grinsten sich beide an, ein schon gewohntes Spiel zwischen ihnen.

Am Nachmittag machten sich Anna und Jonas wie verabredet auf den Weg in die Stadt.

***

Frau Neubauer wartete ungeduldig auf ihren Sohn. Doch es wurde später und später. Bis sie fast um Mitternacht hörte, wie die Tür geöffnet wurde und ihr Sohn mit einem fröhlichen Pfeifen auf den Lippen die Wohnung betrat.

Er wollte sich gerade in sein Zimmer verziehen. Doch nicht mit Frau Neubauer.

»Halt, Stopp. Willst du mir nicht erzählen, wie es war? Das hast du doch sonst nach deinen Treffen auch immer gemacht. Spann mich doch nicht so auf die Folter.«

Jonas grinste von einem Ohr zum anderen. Er legte den Zeigefinger auf seine Lippen.

»Nein, es gibt nichts zu berichten. Wir waren halt ein Eis essen.«

Dann betrat er, dieses Mal singend, sein Zimmer.

Lächelnd lehnte sich seine Mutter in ihrem Sessel zurück. Nun schien es geklappt zu haben. Denn wenn ein Sohn seiner Mutter nichts über ein Treffen mit einer Frau erzählen will, dann ist sie genau die Richtige.

***

Er hätte es ihr und damit auch euch erzählen können, was die beiden den ganzen Tag gemacht haben. Nur ihr seid alle alt genug und daher überlasse ich es eurer regen Fantasie.

Becky Wirth, 8 Jahre und Hendrik Oschmann, 8 Jahre

„Liebe kann man lernen.
Und niemand lernt besser als Kinder.
Wenn Kinder ohne Liebe aufwachsen,
darf man sich nicht wundern, wenn sie selber lieblos werden."

-Astrid Lindgren-

Joline Kranen, 7 Jahre

„Opa ist ganz wertvoll. Der ist nämlich schon antik."

- unbekannt -

Rote Schuhe

von Talira Tal

J an, kannst du heute zu Oma fahren und ihr die Medikamente, Essen und Plätzchen bringen? Jan?«

Durch die Ohrstöpsel meines MP3-Players hallt die Stimme meiner Mutter wie durch Watte. Ich höre gerade mein absolutes Lieblingslied. Es ist von Emily West, ‚Rocks in your shoes‘. *Ich finde Emily wirklich süß.*

Aber an Mamas Gesicht kann ich deutlich ablesen, dass sie etwas von mir will.

Genervt schalte ich die Musik aus und ziehe mir die Stöpsel aus den Ohren. *Hoffentlich fasst sie sich kurz.*

An diesem Samstagvormittag habe ich mir extra nichts vorgenommen. *Ich will einfach nur chillen.* Heute Abend ist eine coole Party bei meinem besten Freund Hannes angesagt. Seine alten Herrschaften sind im Urlaub. *Mama wird mir doch wohl nicht den Tag vermiesen?*

»Was ist denn?«, brummel ich sie grantig an. Nein, es ist nicht meine Absicht sie zu reizen. Deshalb zwinge ich mich wenigstens zu einem Lächeln.

»Ich wiederhole mich nur ungern, das weißt du. Kannst du zu Oma fahren und ihr einige Sachen bringen?«

Die Frage ist rein rhetorisch. Natürlich habe ich das eindeutige Ausrufezeichen am Ende ihres Satzes herausgehört.

Ich stöhne innerlich. Omi wohnt nicht gerade um die Ecke. Ich werde lange unterwegs sein.

»Muss das heute sein?«, versuche ich mich lahm aus der Verantwortung zu winden.

Denn im Grunde genommen weiß ich, dass ich keine Chance habe.

»Keine Diskussion und wenn du weiter so bummelst, kannste die Fete heute Abend knicken.«

Was du nicht sagst. Aber ich halte den Mund, erhebe mich und schlüpfe in meine nagelneuen roten Sneakers.

Ich verkneife mir die Frage, warum sie nicht selbst fahren kann. Bei dem herrlichen Wetter und dem offenen Cabrio hätte die Fahrt das Feeling eines schönen Waldspaziergangs. Doch ich versuche erst gar nicht, ihr derartige Gedanken zu unterbreiten. Omi wohnt zwei Städte von uns entfernt. Mit dem Auto ist es ein Klacks.

Ich werde einmal umsteigen müssen und werde ewig lange unterwegs sein.

Aber ich will heute Abend pünktlich zu dieser Party. Juliana wird auch da sein und auf sie freue ich mich besonders. Vielleicht werde ich mich heute endlich trauen, sie um ein richtiges Date zu bitten. Aber dafür war es wichtig, zu Hannes Fete zu gehen. Ich sollte mich besser beeilen.

Ich nehme den gepackten Einkaufskorb und verlasse unser schickes Einfamilienhaus, das genau wie Omis, in einer guten Wohngegend liegt.

***

Verdammt, in der Bahn stelle ich fest, dass ich in der Hektik meinen MP3-Player zu Hause vergessen habe. Außer uninteressanter Frauenzeitschriften, die Mama mit in den Korb gepackt hat, habe ich nichts zu lesen dabei. Das kann ja eine langweilige Bahnfahrt werden.

Genervt schaue ich aus dem Fenster, sehe Felder und Bauernhöfe an mir vorbeirauschen und denke an Juliana.

»Entschuldigen Sie, ist dieser Platz noch frei?«

Ich drehe mich zu der ruhigen Frauenstimme herum und sehe in zwei lachende Augen.

Eine sehr gepflegte Erscheinung, Geschäftsfrau tippe ich. Der Ausdruck >apart< fällt mir spontan ein. Sie scheint wirklich nett zu sein.

Ich nicke ihr zu und bemerke, wie ich automatisch zurücklächle.

Sie setzt sich mir gegenüber und ich spüre, wie sie mich beobachtet. Der Duft ihres Parfüms steigt in meine Nase. Ein vertrautes Gefühl überkommt mich. *Den gleichen Duft benutzt Mama.*

Die Nähe der Fremden ist nicht unangenehm. Dennoch fühle ich mich unsicher und weiß nicht, wie ich mich verhalten soll.

Sie deutet auf den Korb, der auf meinem Nachbarplatz steht.

»Hast du eine weite Fahrt vor dir? Ähm, ich darf doch du sagen, oder?«

Wieder nicke ich ihr zu. *Sicherlich ist sie einsam und möchte sich mit jemandem unterhalten.*

»Ja, es geht so. Ich fahre zu meiner Omi. Die wohnt in Witten, in der Dreesstraße 16 a. Sie ist krank und ich bringe ihr ein paar notwendige Dinge. Außerdem haben wir große Angst, dass sie an Demenz erkrankt ist«, antworte ich brav und bin gespannt, was sie von sich erzählen würde.

Aber die Fremde lächelt nur geheimnisvoll und ich überlege, ob Juliana in ihrem Alter noch genauso attraktiv aussehen wird.

»Wie heißt denn deine Omi? Ich kenne Leute in der Straße.«

»Kern. Hannelore Kern. Kennen Sie sie?«

Die Frau überlegt einen Moment, wobei sich eine feine Falte auf ihrer sonst so glatten Stirn zeigt. *Wie alt mag sie sein?*

Sie schüttelt den Kopf. »Nein, der Name sagt mir nichts. Aber dann musst du ja gleich schon umsteigen.«

Ich nicke. »Es ist ätzend. So stressig. Raus aus der S-Bahn und zum anderen Gleis hechten.

Sonst muss man wieder gute dreißig Minuten auf die nächste Bahn warten.«

»Du hast recht. Ätzend! Dabei haben sie hier im Blumenshop immer so tolle Blumen. Deine Omi würde sich sicherlich über einen bunten Strauß freuen.«

»Ich hab nicht genug Geld dabei«, antworte ich wahrheitsgemäß.

»Das ist aber sehr schade. Wie heißt du eigentlich?«

»Jan. Jan Ketelsen.«

Ihr Lächeln verbreiterte sich.

»Ich möchte dir einen Vorschlag machen, Jan. Ich gebe dir 10 Euro, damit du deiner kranken Omi einen schönen Strauß mitbringen kannst.«

»Aber das geht doch nicht. Sie können mir doch nicht einfach so Geld schenken.«

Ich spüre, wie meine Wangen rot anlaufen und muss an die Worte meiner Eltern denken: Nimm nie etwas von Fremden an!

Aber ich bin keine sechs Jahre mehr. Ich bin 15, fast erwachsen und ich weiß, was ich tue. Trotzdem gibt es noch ein Problem.

»Das ist wirklich supernett von Ihnen. Aber wenn ich erst noch Blumen kaufe, werde ich auf jeden Fall meine Anschlussbahn verpassen.«

»Heute scheint unser beider Glückstag zu sein, Jan. Ich tue eine gute Tat. Du weißt ja, altes Pfadfinderversprechen, jeden Tag eine gute Tat.«

Sie zwinkert mir dabei verschwörerisch zu.

Aus ihrer eleganten Handtasche zieht sie eine Lederbörse und reicht mir aus dieser einen 10 Euro Schein.

»Ich kenne den Schaffner, der Dienst hat. Außerdem muss ich ebenfalls in die gleiche Bahn umsteigen. Wir haben noch ein kleines Stück zusammen.

Mach dir also keine Sorgen. Hol du schnell die Blumen und ich kümmere mich darum, dass der Zug auf dich wartet, okay?«

Alles hört sich so easy an. *Heute scheint wirklich mein Glückstag zu sein.* Hoffentlich zog sich das bis in den späten Abend, wenn ich endlich mit Juliana reden konnte. Ich finde die fremde Frau schwer in Ordnung. Leider kenne ich noch nicht einmal ihren

Namen. Aber den brauche ich auch nicht zu wissen. Für mich ist sie einfach meine gute Fee, obwohl ich natürlich schon lange nicht mehr an Märchen glaube.

Wir steigen gemeinsam aus.

»Bis gleich«, ruft sie mir zu, während sie zu unserem Anschlussgleis hechtet. *Wirklich eine nette Frau!*

Ich nehme mir vor, sie auch noch nach ihrem Namen und ihrer Adresse zu fragen. Ich werde ihr Pralinen mit dem geliehenen Geld vorbeibringen. Ich möchte dieser sympathischen Person ebenfalls eine Freude bereiten.

***

Blöderweise ist der Blumenshop voller als ich gedacht habe. Ich greife rasch nach einem bunten Strauß mit Wildblumen für 9,95 Euro und stelle mich in die Schlange an der Kasse an.

Nach einer gefühlten Ewigkeit darf ich endlich meine Blumen bezahlen. Ich hechte zu meiner Bahn, die eigentlich noch, wie es meine Fee versprochen hat, auf mich warten müsste.

Auf Gleis 7 steht kein Zug. *Was hat das zu bedeuten?* Hatte sie den Schaffner doch nicht überzeugen können auf mich zu warten?

Ich bin enttäuscht, gucke auf den Abfahrtsplan und stöhne laut, als mir bewusst wird, dass ich gute fünfundzwanzig Minuten auf die nächste S-Bahn warten muss.

Die Weiterfahrt läuft nicht so spektakulär. Ich bin heilfroh, als ich meinen Zielbahnhof erreicht habe. Zum Haus meiner Omi ist es noch ein Stückchen. Ich lege die Entfernung im Laufschritt zurück, wobei ich Angst habe, die Blumen würden bei dem Tempo abbrechen.

***

Endlich, ich kann das Haus meiner Omi sehen. Es ist ein kleines Gehöft. Auf der Weide stehen zwei Pferde, die meinen Eltern gehören. Mama und Papa sprechen oft darüber, dass Omi eigentlich nicht mehr alleine wohnen kann. Sie soll in eine Altersresidenz ziehen. Aber meine Mama will ihr Geburtshaus, in dem sie aufgewachsen ist, nicht verkaufen. Doch seitdem Omi so krank ist, steht die Frage jeden Tag im Raum.

Ich schließe die Tür auf und spüre eine durchdringende Stille.

»Omi, ich bin´s.«

»Jan?«, höre ich ihr schwaches Rufen.

Ihre Stimme kommt aus dem Schlafzimmer, das früher im ersten Stock lag, nun aber ins Erdgeschoss verlegt wurde. Das Treppensteigen fällt ihr arg schwer.

Ich stelle den Korb auf den Küchentisch, befreie die Blumen aus dem Zellophanpapier und gehe in die Schlafstube.

»Jan«, begrüßt sie mich. Ihre Stimme klingt etwas entsetzt.

»Omi, habe ich dich geweckt? Oder warum bist du so erschrocken?«

Ich küsse ihre verknautschte Wange und halte ihre zitternde Hand.

»Jan hast du alles in Ordnung gebracht? Junge was machst du nur für Sachen?«

»Häh? Ich bin hier, um dir Essen und deine Medizin zu bringen. Mama hat heute keine Zeit. Guck mal, die habe ich dir extra mitgebracht.«

Ich hebe den bunten Strauß hoch. Aber auch das scheint meine Omi nicht wirklich zu beruhigen.

Ob ich Mama anrufen soll, um ihr von Omis Gemütszustand zu berichten?

Ich bin unschlüssig, sorge mich um Omi.

»Aber du warst doch im Gefängnis. Vorhin hat hier ein Freund von dir geklingelt. Patrick Braun. Er sagte, du hättest ihn von unterwegs aus angerufen. Du hättest deinen Haustürschlüssel verloren und auch deine Geldbörse. Du würdest unbedingt 1000 Euro brauchen. Es wäre ganz wichtig.«

Bitte, lieber Gott, lass mich das hier alles nur träumen. Ich kenne keinen Patrick Braun. Ich kenne überhaupt keinen Patrick. Omi wird doch nicht so dumm gewesen sein, einem wildfremden Jungen so viel Geld zu geben.

Ich muss mich setzen und versuche meinen Schock nicht offen zu zeigen.

»Was war denn los, Junge?«

»Omi, hast du diesem Patrick das Geld gegeben?«

»Aber sicher habe ich das. Es ist doch wohl selbstverständlich, dass ich dir helfe.«

Ich brauche keine Hilfe! Aber ich verbeiße mir die Bemerkung. *Was soll ich jetzt machen?*

»War dieser Patrick alleine?«

»Nein, seine Mutter hat ihn begleitet. Eine sehr reizende Person. Sie war so elegant.«

Die Fee aus der Bahn schießt mir der Gedanke durch den Kopf.

»Omi weißt du noch, was sie anhatte?«

»Ist das denn wichtig? Warte mal. Ja es war eine blaue

Seidenbluse mit einem cremefarbenen Pulli um die Schultern und eine dazu passende Leinenhose.«

Ich habe recht! Sie war es. Die Fee aus der Bahn.

Sie hatte mich ausgehorcht, um mich dann geschickt abzulenken. Von wegen, sie kannte den Schaffner und der Zug würde auf mich warten. Die 10 Euro waren ein geringer Preis für 1000 Euro und wer weiß, was sie noch mit diesem Enkeltrick alles erbeutet hatte?

Mir ist übel. Ich bin schuld daran, dass sich solche Verbrecher zu meiner Omi zutritt verschafft haben. *Ich bin ein Hornochse!*

»War die Frau irgendwo alleine im Haus?«

»Nein, oder doch. Ich musste mich, nachdem ich ihnen die Tür aufgemacht habe, schnell wieder hinlegen. Sie half mir, mich wieder ins Bett zu bringen. Eine wirklich reizende Dame. Sie erzählte noch, dass sie eine Mutter in meinem Alter hätte und sich auch immer um sie kümmern würde.«

»Ein Wolf im Schafspelz«, knurre ich kaum hörbar. Es war nicht zu fassen!

»Du hast ihr die 1000 Euro also nicht selbst gegeben?«

»Nein, konnte ich doch nicht«, empört sich meine Omi, sodass mein schlechtes Gewissen noch weiter wächst.

»Wo war das Geld denn? Hattest du etwa noch mehr als 1000 Euro im Haus?«

Kein Mensch hat so viel Bargeld im Haus. *Das ist doch Wahnsinn!* Ich will es einfach nicht wahrhaben, dass meine sonst so kluge Omi, wirklich so dumm gewesen sein sollte und dieser

Schlange vertraut hat. Aber hatte ich das nicht selbst auch getan? Fee, habe ich sie sogar für mich getauft. *Hexe passt wohl besser!*

Ich muss jetzt erst mal prüfen, wie groß der Schaden wirklich ist, den ich durch mein hirnloses Plappern angerichtet habe.

»Ich hatte 5000 Euro in der blauen Keksdose.«

Zu der Übelkeit gesellt sich nun auch ein Schwindelgefühl. Ich will ihr nicht weiter zuhören, klammere mich an den Glauben an ein Wunder. Sicherlich hat die Frau wirklich nur 1000 Euro genommen. Ich weiß, dass es völlig naiv ist, das zu hoffen. Aber die Wahrheit ist einfach zu schrecklich. Aber ich muss ihr ins Auge sehen. Was hatte ich vorhin in der Bahn noch gedacht, ich bin schon groß, kein kleines Kind mehr. Nun muss ich meinem Mann stehen.

Die Hexe mit ihrem Handlanger kam nur aus einem Grund in dieses Haus. Sie wollten meine Omi um sehr viel Schotter erleichtern.

So sehr ich auch in die leere Keksdose starre und hoffe die verschwundenen Scheine würden sich wieder materialisieren, weiß ich doch, dass es lediglich ein Wunschtraum ist.

Die Kohle ist weg und ich habe die ehrenvolle Aufgabe, es zuerst Omi und anschließend meiner Mutter beizubringen. Im Geiste höre ich schon ihr Donnerwetter. Vor allen Dingen, weil ich so dämlich war, auf die fremde Frau hereinzufallen.

Ich seufze tief, sehe mich noch einmal im Raum um, in der Hoffnung, noch weitere blaue Keksdosen zu entdecken. *Natürlich, ein reiner Wunschgedanke.*

»Was ist denn los, Jan?«

Was soll ich ihr um Gottes willen antworten?

»Omi, warum hast du denn so viel Geld im Haus? So etwas gehört in einen Tresor oder in ein Schließfach bei einer Bank.«

»In ein Schließfach?«, schnaubt meine Omi verächtlich.

»Hast du dir mal die Zinsentwicklung angesehen? Alles Halsabschneider, denen traue ich nicht über den Weg. Nein, hier in meinen vier Wänden ist das Geld sicherer als in Fort Knox.«

Das ist meine Omi, wie sie leibt und lebt. Vor ihrer Krankheit war sie immer so gewesen.

Sie gab ihr Zepter nicht so leicht aus der Hand.

Ein richtiger Feldwebel.

»Ich hab was vergessen. Ich muss mal eben Mama anrufen.«

»Jan, was ist passiert?«

Ich seufze. Ihr altbekannter Scharfsinn ist nun vollends zurückgekehrt. Ausgerechnet jetzt! Meine Omi scheint in ihrem Element, das erkenne ich am vertrauten Klang ihrer Stimme. Nun ist nichts mehr von Demenz zu spüren. Nur hilft mir das nicht wirklich weiter. *Ich muss ihr die Wahrheit beichten.*

»Omi, reg dich bitte nicht auf.«

»Was hast du ausgefressen, Jan?«

Was mochte diese falsche Schlange ihr von mir erzählt haben? Ich würde ihr nun reinen Wein einschenken müssen.

»Omi ...«, beginne ich noch einmal.

Kann das kein böser Traum sein, den ich mit dem Klingeln des Weckers, verlassen darf?

»Diese Frau und dieser Patrick sind keine Bekannten von mir. Es sind Betrüger, die sich ganz bestimmt auf den Raub bei alten Menschen spezialisiert haben.«

»Junge, was erzählst du denn da für Räuberpistolen? Du willst mir weis machen, dass ich auf Gauner hereingefallen sein soll? So etwas passiert mir doch nicht!«

Sagt und denkt man so etwas nicht immer von sich selbst? *Na, prost Mahlzeit!*

»Omi, ich rufe jetzt mal Mama an und erzähle es ihr.«

Mist! Die Party, und somit auch Juliana, kann ich heute Abend wohl vergessen.

Mit zitternden Fingern wähle ich unsere Nummer. Es dauert, bis Mama sich genervt meldet. Egal, über was sie sich gerade aufgeregt hat, ich toppe diese Sache jetzt mit hoher Wahrscheinlichkeit.

Zu meinem Erstaunen bleibt sie ruhig, spricht mir sogar Trost zu und verspricht sofort zu kommen und von zu Hause aus die Polizei zu verständigen.

***

Die eintreffenden Polizisten erklären, dass die Frau und der junge Mann in letzter Zeit häufiger ihr Unwesen treiben. Sie sind froh, dass Omi und ich die Frau so gut beschreiben können, sodass ein Phantombild erstellt werden kann.

Nun bleibt abzuwarten, bis das Räuberduo gefasst wird und Omi ihr Geld und den Schmuck, den diese Verbrecher auch noch mitgenommen haben, zurückbekommt.

***

Ich hab aus der Sache eines gelernt und will diesen Tipp gerne an euch weitergeben. Wenn jemand Fremdes zu neugierig ist, macht einfach höflich aber bestimmt dicht, gebt keine persönlichen Daten von euch preis. Das gilt insbesondere auch für das Internet.

Und ganz besonders achtsam solltet ihr sein, wenn euch jemand Fremdes ohne Grund Geld oder andere materielle Werte schenken will.

Es heißt nicht umsonst: Wenn der Teufel dich will, streichelt er deine Seele.

Julia Coenen, 9 Jahre

„Wir gehen mit dieser Welt um, als hätten wir noch eine zweite im Kofferraum.“

-Jane Fonda-

Die verlorene Haarspange

von Frank Vollmann

Herr Schneider, ein reicher und gutaussehender Immobilienmakler, verlor seine Frau bei der Geburt ihrer gemeinsamen Tochter. Die ersten beiden Jahre blieb er alleine mit Alina, die sich prächtig entwickelte. Doch lange konnte Herr Schneider nicht alleine bleiben. Er war eben wohlhabend und attraktiv, darum lagen ihm die Frauen in Scharen zu Füßen. Er suchte und fand auch bald seine Auserwählte, eine reizende junge Frau, ihr Name war Marion. Diese kroch nachts zu ihm ins Bett, kuschelte sich an ihren Gatten.

»Bin ich die einzig wahre, die schönste Frau für dich?«

Der Mann nahm sie in den Arm und lächelte sie sanft an.

»Ja, mein Herz, du bist die Frau, die ich liebe und du bist einfach wunderschön.«

So ging es jahrein jahraus, viel Geld gab sie für den Erhalt ihrer Schönheit aus. Eine Creme hier, ein wenig schneiden da.

Bis sie eines Nachts, als sie neben ihm lag, wieder fragte: »Bin ich die einzig wahre, die schönste Frau für dich?«

»Ja, mein Herz, du bist die Frau, die ich liebe und du bist einfach wunderschön. Aber hast du unsere Tochter gesehen? Alina, ist jetzt schon so schön und intelligent, sie gleicht immer mehr ihrer Mutter, sie wird bestimmt mal eine Berühmtheit.«

Das gab seiner Angetrauten einen Stich ins Herz. *Diese kleine Göre, das darf ja wohl nicht wahr sein!* Ein Gefühl von Abneigung und Hass stieg in ihr auf.

Es vergingen wieder einige Jahre und, wie so oft, wiederholte sich das Ritual. Doch die Frau musste immer mehr Geld für ihren Schönheitschirurgen bezahlen, um ihre Schönheit zu erhalten.

»Bin ich die einzig wahre, die schönste Frau für dich?«

»Ja, mein Herz, du bist die Frau, die ich liebe und du bist einfach wunderschön. Aber hast du unsere Tochter gesehen? Sie ist so schön und intelligent, sie hat ihr Abitur mit einem Notenschnitt von 1,2 gemacht. Sie gleicht immer mehr ihrer Mutter.«

Wutentbrannt drehte sich die Frau um. *Jetzt muss etwas geschehen, das Balg muss weg!* Es konnte doch nicht sein, das Alina ohne jegliches zutun, so hübsch sein konnte. Sie begeisterte sich nicht einmal für Mode, lief mit alten Jeans und Shirts herum und interessierte sich nicht für wirklich wichtige Dinge, wie die Gästelisten der nächsten „In Partys", der Rangliste im Golfklub usw. Das Mädchen half lieber in Suppenküchen aus, kümmerte sich um alte Leute und Bedürftige. *Nein, wir haben nichts Gemeinsam!* So schmiedete die Stiefmutter einen schrecklichen Plan.

***

Am nächsten Tag suchte sie in aller Frühe ihren Gärtner auf.

»Guten Morgen, Herr Wallner, ich hoffe, es geht Ihnen gut. Und kommen Sie mit der Arbeit gut voran?«, flötete sie und schaute ihn mit einem übertriebenen Augenaufschlag an.

Herr Wallner blickte von seiner Arbeit auf. Er war total überrascht, dass sich seine sonst so abweisende und hochnäsige Chefin zu ihm gesellte und einen freundschaftlichen Plausch begann.

Dabei himmelte er sie schon seit Langem an.

»Ja, alles bestens, danke der Nachfrage.« Stotternd und unsicher kam seine Antwort.

»Das freut mich, zu hören. Sehr schön, wenn es den Angestellten gut geht.«

Dabei kam sie ihm sehr nahe und lächelte ihn verführerisch an.

»Können wir mal fünf Minuten ungezwungen reden? Ich habe da eine große Bitte an Sie.«

Mit einem kräftigen Hieb stieß er den Spaten in die Erde und blickte seine Chefin mit einem breiten Grinsen an.

»Für Sie doch immer, betrachten sie die Bitte als erledigt.«

Marion lächelte nickend und strich ihm kurz über die Wange.

»Sie sind ein wahrer Schatz, dass sie so ohne Bedenken zustimmen. Denn es ist etwas nicht Alltägliches.«

Dabei schaute sie sich verschwörerisch um, ob auch niemand in der Nähe sei.

»Lassen Sie uns lieber in das Gartenhäuschen gehen.«

Ohne seine Antwort abzuwarten, ging sie schweigend auf das kleine Gebäude zu. Gemeinsam betraten sie einen winzigen schmuddeligen Raum.

Mit einem gekonnten Beinaufschlag ließ sich die Stiefmutter auf den einzig freien und wie, sie fand, sauberen Stuhl, nieder.

Lächelnd wartete sie, bis sich der Gärtner ebenfalls einen Stuhl freigeschaufelt hatte und sich ebenfalls setzte, ihr genau vis a vis.

Ungeduldig und neugierig, was es so Geheimes zu besprechen gebe, guckte er seine Chefin an.

»Bernd. Ich darf Sie doch Bernd nennen? Ich weiß, dass sie ein loyaler Mitarbeiter sind und ich brauche Ihre uneingeschränkte Hilfe. Es soll auch nicht Ihr Schaden sein. Würden Sie mir bei dieser großen Unannehmlichkeit helfen?«

Dabei wechselte sie den Beinschlag und berührte ihr Opfer wie zufällig an seinem Knie. Er war wie eine Fliege im Spinnennetz gefangen, ohne es selbst zu bemerken.

»Sicher dürfen Sie mich mit meinem Vornamen anreden, ich freue mich sogar. Also wo liegt das Problem und wie können wir es lösen?«

Gebauchpinselt von ihrer zuvorkommenden Art und seinem eh schon vorhandenem Schwärmen, war er zu allem bereit. Dieses unterstrich er noch mit einem kräftigen Nicken.

Mit fester und entschlossener Stimme äußerte sie ihre Bitte.

»Meine Stieftochter muss verschwinden, ich möchte sie nicht mehr hier haben. Daher habe ich mir etwas überlegt, bei dem du mir helfen kannst.«

Bernd war überrascht. Er hatte mit einem besonderen Wunsch gerechnet, spezielle Gartenarbeiten oder etwas in der Art, aber nicht, dass seine heimlich Angebetete ihn um etwas Privates bitten würde.

»Aber, wie wollen Sie das machen? Sie wird ja nicht so einfach verschwinden.«

»Du bist genau der Richtige, dass dir so etwas sofort auffällt, einfach clever. Ich habe es ja gewusst. Also Folgendes, mein Mann hat ein Spielzeugschiff in jahrelanger, mühevoller Kleinarbeit zusammen gebastelt. Du wirst es heute Nachmittag zerstören und dabei diese Haarspange verlieren.«

Sie holte eine goldene Spange aus ihrer Jackentasche hervor und legte sie dem Gärtner in die Hand.

»Sie gehört Alina, damit wird mein Mann glauben, dass sie dort war und sich fürchterlich über sie aufregen.«

Dem Gärtner wurde ein dicker Umschlag in die Hände gedrückt.

Marion schenkte ihm noch einmal ein hinreißendes Lächeln.

»Alles klar, das ist keine große Aufgabe, das erledige ich gerne für Sie.«

***

Am Nachmittag kam Herr Schneider von seiner Arbeit heim. Da niemand anwesend war, betrat er sofort sein Bastelzimmer. Er wollte sich Gedanken über ein neues Projekt machen. Kaum hatte er die Tür geöffnet, sah er das Unglück. Sein geliebtes Schiff lag in 1000 kleine Stücke im ganzen Zimmer verteilt herum. Schweren Schrittes ging er auf das Unfassbare zu. Liebevoll strich er über einige der Teile, bis seine Hände plötzlich eine ihm bekannte Haarspange in den Händen hielt, die mitten in dem Chaos lag. Es war die Haarspange, die seine verstorbene Frau ihrer gemeinsamen Tochter zur Geburt schenken wollte.

Aufgebracht wartete er, bis seine Tochter nach Hause kam. Sofort stellte er sie zur Rede.

»Was hast du denn da angerichtet? Du weißt doch genau, was mir das Boot bedeutet hat! Du zerstörst es und hast nicht einmal den Mut, es mir zu sagen. Ich bin so enttäuscht von dir.«

Jeder Versuch Alinas, sich zu verteidigen, brachte ihren Vater nur noch mehr gegen sich auf.

»Jetzt versuchst du sogar noch, es zu leugnen. Bitte verlasse mein Haus.«

Dann betrat die Stiefmutter das Geschehen. Sie stellte sich auf Anhieb auf die Seite ihres Mannes.

»Willst du deinen Vater umbringen? Du weißt, wie krank er ist. Jetzt gehe endlich!«

Sie nahm ihn in den Arm und führte ihn nach oben ins Schlafzimmer, damit er sich ein wenig ausruhen konnte.

***

Alina packte ein paar Sachen zusammen und verließ daraufhin weinend ihr zu Hause. Nachdem sie eine Weile ziellos durch die Straßen der Stadt irrte, kam sie an eine heruntergekommene Baracke. Gerade wollte sie ihren Schritt beschleunigen, als sie von einem greisen Mütterchen angesprochen wurde.

»Na, mein Kind. Du siehst so traurig aus, es bedrückt dich etwas Schreckliches.«

Erschrocken, ob man ihr den Kummer wirklich so sehr ansehen konnte, blieb Alina stehen und schaute zu dem alten Weib. Freundliche Augen, die zu einem zerfurchten Gesicht gehörten, blickten sie an. Wie von alleine gab sie Auskunft über ihre Sorgen.

»Ja, mein Vater hat mich vor die Tür gesetzt und nun weiß ich nicht, wo ich bleiben soll.«

Wieder stiegen Tränen in die noch nicht getrockneten Augen.

»Dann kommst du erst einmal zu uns, wir werden in Ruhe überlegen und sicherlich eine Lösung finden.«

Sie führte Alina in das schon fast verfallene Haus. Ohne nachzudenken, ließ sich Alina von ihr führen. Sie war zu erschöpft, um sich großartig Gedanken zu machen. Rasch fasste sie Vertrauen zu der Frau. Nachdem diese ihr einen Schlafplatz für die Nacht zeigte, erzählte sie ihr kurz von ihren Problemen, um dann schnell in einen tiefen Schlaf zu versinken.

Am nächsten Morgen erwachte Alina spät und fühlte sich immer noch schrecklich. Das alte Mütterchen saß an einem Tisch und hatte einige Karten vor sich liegen. Als sie sah, dass Alina aufgewacht war, lächelte sie diese mit ihren freundlichen Augen an.

»Guten morgen, mein Kind. Ich hoffe, du hast besser geschlafen, als es dein Hin- und Herwälzen in der Nacht vermuten lässt.«

Mühsam stand Alina auf und setzte sich zu der Frau und betrachtete neugierig die Tarotkarten, die vor ihr ausgebreitet lagen.

»Ja, danke, ich habe doch recht gut geschlafen. Was sind das für Karten?«

»Das ist dein Leben, ich habe diese Karten für dich gelegt und sie sind gar nicht so negativ, wie es vielleicht aussehen mag.«

Ein glucksendes Lachen kam aus ihrer Kehle.

»Du kannst gerne bleiben, ich muss jetzt allerdings etwas Geld verdienen. Ich würde mich freuen, wenn du am Abend noch hier bist.«

Dann packte die Alte ihre Karten zusammen und ließ Alina alleine in dem Haus zurück. Nachdem diese sich im Bad zurechtgemacht hatte, schaute sie sich im Haus um.

Alles war heruntergekommen, alte Möbel, Schimmel an den Wänden. *Ein fürchterlicher Ort!* Während sie sich umschaute, hatte sie eine Idee.

Alina zog ihre Schuhe an und machte sich auf den Weg zu ihrer Bank. Sie verfügte über ein kleines Vermögen, das ihr ihre Mutter hinterlassen hatte. Alina erledigte einige Anrufe, ging in diverse Geschäfte, um am Nachmittag wieder in dem Haus zu sein. Sie schaute sich um und war zufrieden, dass die beauftragen Firmen alles in Ordnung gebracht hatten.

Alina ging in die Küche, um einen großen Topf Chili con Carne zu kochen. Kaum dass sie fertig war, hörte sie Schritte und laute Stimmen im Flur. Anschließend wurde es wieder leiser. Kurz darauf war die alte Frau auch wieder zurück und freute sich, dass Alina noch da war und sogar etwas gekocht hatte. Die Stimmen im Flur wurde wieder lauter, dieses Mal klangen sie total aufgeregt.

Der erste Mann fragte: »Wer hat meinen Asylantrag ausgefüllt?«

Der zweite Mann fragte: »Wer hat das Essen in meinem Kühlschrank aufgefüllt?«

Der dritte Mann fragte: »Wer hat mir ein vernünftiges Bett und Möbel besorgt?«

Der vierte der Männer fragte: »Wer hat die Duschen reparieren lassen?«

Dann war da noch der fünfte Mann, der fragte: »Wer hat die Fenster und Türen instand setzen lassen?«

Und schließlich sagte der sechste und somit der letzte Mann, der in diesem verwahrlosten Haus wohnte: »Das war bestimmt nicht unser Vermieter, der kassiert doch lieber einfach die Miete, ohne sich um irgendetwas zu kümmern. Es war sicherlich auch kein Politiker, die sind doch mehr mit nicht fertig gebauten Flughäfen, mit der Rettung von Banken oder ihren Diätenerhöhungen beschäftigt.«

Alina rief alle in das Zimmer der Wahrsagerin, um ihre Pläne zu besprechen. Währenddessen servierte sie ihnen ihr köstliches Mahl und erzählte Ihnen ihre Geschichte. Sie verheimlichte auch nicht, dass sie Geld geerbt hatte und dass sie dieses nun in Asylantenheime stecken möchte. Sie war überglücklich, dass man sie hier so freundlich und ohne groß nachzufragen aufgenommen hatte. Dadurch wurde ihr bewusst, dass dies für sie der richtige Weg war.

Nach dem Essen setzte sie sich mit der alten Dame zusammen. Sie erzählte von der Weissagung der Tarotkarten, die sie am Morgen für Alina gelegt hatte. Dabei machte sie erst ein ernstes Gesicht.

»Du wirst eine ganze Weile mit vielen Schwierigkeiten zu kämpfen haben. Am Ende wirst du gewinnen und das große Glück wird zu dir kommen.«

Bei den letzten Worten erhellte sich ihr faltiges Antlitz. Doch Alinas Gesichtszüge zeigten eine starke Portion Skepsis.

»Ach, Paula, du erzählst mir doch bestimmt nur solche netten Sachen, damit ich wieder lachen kann.«

Doch Paula, die Wahrsagerin, schaute sie nur wissend an.

»Die Karten und das Schicksal lügen nie! Du darfst das niemals anzweifeln. Es wird alles seinen Gang gehen und am Ende steht dein Glück. Glaube es mir und den Karten.«

Sie erhob sich und machte sich daran, das Geschirr zu spülen und die Küche zu reinigen. Währenddessen war Alina zu den Männern nach oben gegangen. Alle sechs, saßen in einem Zimmer und wollten gerade Fußball schauen. Doch als sie merkten, dass da jemand war, der sich für ihre Geschichten interessierte und ihnen zuhörte, wurde der Fernseher ausgeschaltet. Jeder erzählte, von wo er herkam und warum er seine Heimat und die Familie im jeweiligen Land zurücklassen musste.

In der zweiten Nacht, nachdem Alina ihr Geburtshaus verlassen hatte, wollte die Stiefmutter wissen, ob sie nun die ungeteilte Aufmerksamkeit, ihres Mannes besaß.

»Bin ich die einzig wahre, die schönste Frau für dich?«

»Ja, mein Herz, du bist die Frau, die ich liebe und du bist einfach wunderschön. Aber ich vermisse unsere Tochter doch schon sehr. Ich hätte nicht so streng zu Alina sein dürfen. Ich habe von dem Besitzer, eines Asylantenheims erfahren, das sie jetzt dort lebt und dort viel für die Bewohner organisiert.«

Das darf nicht wahr sein! Da glaubte sie fest daran, ihren Mann nun ganz für sich alleine zu haben und da fuhr dieses Balg doch wieder zwischen sie. Entrüstet drehte sich Marion zur Seite. *Also gut, du Miststück, dann muss ich wohl härtere Geschütze auffahren.*

Sie wusste, dass einer ihrer Neffen einer rechtsradikalen Vereinigung angehörte, da ließ sich doch bestimmt etwas arrangieren.

Marion rief ihren Neffen am Nachmittag an und verabredete sich für den Abend mit ihm. Kevin erschien pünktlich an dem vereinbarten Treffpunkt. Sie hatte ein außerhalb liegendes Lokal ausgesucht.

Marion kam mit etwas Verspätung, war aber allerbester Laune, als sie sah, dass Ihr Neffe gleich zwei Kameraden mitgebracht hatte. Sie musste lächeln, das waren genau solche Typen, wie sie es sich vorstellte. Kurze, ordentlich sauber geschnittene Haare, einheitliche braune Hemden und sie hatten einen dümmlichen Gesichtsausdruck.

Es war ein Leichtes von ihr, die drei zu überreden.

»Also, wir sind uns einig? Ihr sorgt in dieser Nacht dafür, dass die Bewohner eine unruhige Nacht haben werden.«

Dabei nickte sie den dreien zu, schob jedem von ihnen einen 50 € Schein zu und verschwand auch gleich wieder.

***

Alina und die restlichen Bewohner lagen friedlich in ihren Betten, als lautes Scheppern und das Geräusch von zerspringendem Glas sie aus dem Schlaf riss. Sofort war sie hellwach. Sie schwang sich aus ihrem Bett und stellte sich ans Fenster, um zu schauen, was dort vor sich ging. Kaum dass sie dort stand, vernahm sie einen lauten Knall. Dann spürte sie, wie etwas Warmes an ihrer Schläfe herablief. Augenblicklich umfing eine Dunkelheit sie. Mit einem stechenden Schmerz am Kopf kam Alina langsam wieder zu sich. Mit Mühe konnte sie vorsichtig ihre Augen öffnen und sah Paula und die restlichen Bewohner mit besorgter Miene um sie herum stehen.

»Da ist ja unsere Kleine wieder, Gott sei Dank«, rief der erste Mann.

Der fünfte Mann trat aus der Gruppe heraus und beugte sich zu Alina.

»Du hast verdammt viel Glück gehabt, ein paar Zentimeter weiter und dein Auge wäre nicht mehr zu retten gewesen.«

Alina wusste von den Erzählungen, dass Jurj in Kasachstan Medizin studiert hatte, nur hier zählte seine Ausbildung nicht und so musste er Geld in einer großen Schlachterei verdienen. Auch wenn er das als Asylbewerber nicht durfte.

Aber diese Arbeit wollte ja sonst keiner machen.

»Nun aber raus mit euch, macht euch nützlich und schaut, was an Fensterscheiben noch heile ist. Wir müssen morgen den Vermieter anrufen und Alina braucht jetzt Ruhe.«

Dabei trieb Paula die Männer vor sich her, bis der Letzte das Zimmer verlassen hatte.

»Kleines, das war heute nicht gut. Wir wollen dich nicht in Gefahr bringen. Es wird besser sein, dass wir dir morgen eine neue Unterkunft besorgen. Während du bewusstlos warst, hatten wir die Polizei hier. Doch die konnte nicht viel unternehmen. Wir müssen immer mit derartigen Übergriffen rechnen.«

Den Kopf betastend, schaute Alina Paula trotzig an.

»Nein, ich lasse mich nicht vertreiben. Ihr habt mir geholfen und ich werde euch helfen. Davon lasse ich mich auch nicht abhalten.«

Wenn sie sich auch erst wenige Tage kannten, hatte Alina das Gefühl, dass sie etwas Besonderes mit Paula verband. Sie war wie eine Ersatzmutter für sie.

Nachdem die Fenster notdürftig geschlossen waren, legten sie sich wieder schlafen und versuchten etwas zu Ruhe zu kommen. Am Nächsten morgen wurde Alina durch laute Stimmen wach.

Ein älterer Herr in einem teuren Anzug schien sich mit Paula zu streiten.

»Nein, das werden wir nicht bezahlen. Das war nicht unser Verschulden. Sehen Sie zu, dass die Fenster repariert werden, sonst fliegen Sie hier alle raus. So, das ist mein letztes Wort.«

Dann drehte er sich um und verließ ohne Antwort das Haus.

Mit feuchten Augen schloss Paula die Tür und setzte sich an den Tisch. Alina trat zu ihr und legte den Arm um sie.

»Das bekommen wir schon hin. Mach dir keine Sorgen, sonst würden deine Karten ja doch nicht die Wahrheit sagen.«

Dann verschwand Alina im Bad, machte sich zurecht und verließ das Haus. Am Nachmittag erschienen einige Handwerker, begannen damit die Fenster auszumessen und das ein oder andere auszuwechseln. Zufrieden blickte Alina auf die Aktivitäten und betrat mit einem Lächeln das Haus. Sie wartete bis zum Abend, als alle wieder versammelt waren. Dann zeigte sie ihnen den Zeitungsbericht, der den nächtlichen Überfall schilderte.

Diesen Zeitungsbericht las auch Herr Schneider und er machte sich Sorgen um seine Tochter. Er wartete, bis seine Frau nach Hause kam, um mit ihr darüber zu reden.

»Soll ich sie nicht wieder Heim holen und mit ihr reden? Wenn ihr etwas passiert, würde ich mir das nie verzeihen und alles nur, wegen eines blöden Schiffes. Ein befreundeter Glaser rief mich an, dass Alina den ganzen Schaden von ihrem Geld bezahlt. Sie hat so ein großes Herz.«

Marion hatte geglaubt, dass sie ihr Ziel erreicht hatte. Dass Alina endlich aus dem Asylantenheim ausziehen würde und sich in eine andere Stadt begeben würde.

»Sie hat es doch so gewollt. Du hast doch immer noch mich und wir werden es gemeinsam schaffen. Vergiss sie am besten. Komm, ich lade dich zum Essen ein.«

Dabei strich sie ihm über die Wange und zog ihn an der Hand hinter sich her.

Doch in ihrem Kopf reifte bereits ein neuer grausamer Plan.

Am darauffolgenden Morgen suchte Marion einen ihrer zahlreichen Ex Liebhaber auf. Thomas Kruse, ein windiger Finanzjongleur. Um ihn leichter um den Finger zu wickeln und für ihren Plan zu gewinnen, landete sie schnell mit ihm im Bett. Wie sie es sich ausgemalt hatte, war er danach bereit gewesen, sich auf ihren Plan einzulassen.

Am nächsten Morgen suchte Herr Kruse das Asylantenheim auf, in dem Alina wohnte. Er begrüßte Alina zuvorkommend und schenkte ihr ein strahlendes Lächeln.

»Guten Morgen, Frau Schneider. Ich habe von Ihrer gutmütigen Hilfsaktion gehört und ich würde Ihnen gerne dabei behilflich sein. Denn so etwas muss man doch einfach unterstützen.«

Freudig überrascht, dass sich noch andere Gedanken machten und helfen wollten, öffnete sie ihm die Tür und führte ihn in das kleine Zimmer.

»Sie haben ja nun schon eine ganze menge Geld investiert. Doch dies wird ja nicht unendlich sein. Ich würde Ihnen daher gerne einen Plan vorstellen, der Ihnen ihr Geld in kürzester Zeit verdoppeln wird.«

Er kramte einige Papiere aus seiner Aktentasche und breitete sie vor ihr aus.

Alina schaute skeptisch über den Wulst von Dokumenten, die da vor ihr lagen. Das war gar nicht ihr Metier. Mit solchen Dingen wollte sie sich nie beschäftigen.

»Das sieht ja alles sehr kompliziert aus. Ich habe davon überhaupt keine Ahnung und würde da lieber jemanden zurate ziehen.«

Mit Wehmut dachte sie an ihren Vater, der sich bei so etwas immer liebevoll um sie gekümmert hatte und ihr ein guter Ratgeber war.

»Sicher, das ist auch sehr vernünftig. Nur ich kann nicht versprechen, wie lange mein Angebot noch gilt. Sie wissen ja, die Situation am Finanzmarkt ändert sich rasant und im Augenblick ist sie sehr günstig für Anleger.«

Danach spulte er sein komplettes Programm ab. Tatsächlich, schaffte er es, Alina zu überzeugen, dass sie ihm ihre Ersparnisse zur Verfügung stellte.

Zwei Tage später kam die Rechnung der Glaser, die sie auch sofort bezahlen gehen wollte. Doch der nette Herr von der Bank erklärte ihr, dass sich kein Geld mehr auf ihrem Konto befand. Im Gegenteil, sie hatte ihr Konto überzogen.

Vollkommen fassungslos lief sie weinend nach Hause. Dieses Mal konnte sie niemand mehr trösten. Sie warf sich auf ihr Bett und wollte am liebsten in einem tiefen Loch verschwinden. Sie ärgerte sich über ihre eigene Dummheit. Die nächsten Tage verbrachte Alina fast nur noch in ihrem Bett und war wütend auf sich selbst.

Nach ein paar Tagen lag Alina immer noch völlig frustriert auf ihrem Bett. Durch die dünne Wohnungseingangstür hörte sie Stimmen im Flur. Es war Paula und ein ihr fremder Mann. Kurz darauf wurde die Tür geöffnet und Paula betrat das Zimmer mit einem jungen Mann im Schlepptau.

Schnell wischte sich Alina ihre Tränen fort und erhob sich. Ein freundliches, offenes Gesicht strahlte ihr entgegen. Der Mann war nicht viel älter als sie selbst. Er hatte sanfte Gesichtszüge, die zu dem angenehmen Händedruck passten, mit dem er sie begrüßte.

Paula stellte ihn als Niclas Berger vor. Er wäre der Sohn des Hausverwalters und, wie sich später herausstellen sollte, nun auch der neue Besitzer des Asylantenheimes.

»Guten Tag, Frau Schneider. Ich habe ja nun schon einiges von Ihnen und Ihrem Einsatz hier gehört.«

Auch seine Stimme war angenehm weich und vermittelte ihr ein vertrautes Gefühl.

»Ich lass euch mal alleine, ihr habt bestimmt, eine Menge zu bereden.«

Paula lächelte Alina zufrieden an, dann verließ sie das Zimmer.

Erst jetzt bemerkte Alina, dass sie immer noch seine Hand hielt, zögerlich löste sie sich von ihm und bot ihm einen Platz an.

»So und was führt Sie zu uns? Wollen sie uns jetzt im Namen Ihres Vaters kündigen?«

Auch wenn er einen sympathischen Eindruck machte, so wollte sie nicht wieder sofort den Fehler begehen und blauäugig jemandem vertrauen.

Entsetzt blickte Niclas sie an.

»Nein, um Gottes willen! Ich hatte eine große Auseinandersetzung mit meinem Vater. Ich finde sein Verhalten unmöglich. Da er es sich mit mir aber wohl nicht verscherzen will, habe ich ihn davon überzeugen können, dass er mir dieses Haus überlässt. Damit bin nun ich der stolze Besitzer des Heims. Ich möchte Ihnen helfen, hier etwas Vernünftiges auf die Beine zu stellen. Es ist auch kein gutes Aushängeschild für unsere Firma. Nur so etwas vergisst mein alter Herr schon mal gerne.«

Alina konnte kaum glauben, was sie da hörte. Wieder kullerten ihr Tränen über die Wangen. Doch dieses Mal vor Glück. Doch das war nicht alles, was Niclas zu bieten hatte. Er konnte mit noch einer weiteren Überraschung aufwarten.

»Nachdem ich mich mit dem Haus und den Vorkommnissen beschäftigt habe, sind mir die ganzen Ungereimtheiten aufgefallen.

Ich habe mich dann drangesetzt und konnte das meiste herausfinden. Doch ich habe das nicht alleine geschafft, ich hatte tatkräftige Unterstützung.«

Wie auf ein Stichwort ging die Tür auf und Alinas Vater betrat den Raum. Etwas schüchtern und abwartend blieb er im Türrahmen stehen.

Mit einem Jubelschrei stürzte Alina sich auf ihren Vater, froh dass er wieder da war.

Die drei saßen noch lange zusammen und konnten die gemeinen Intrigen Marions aufklären.

Marion und ihre Helfer wurden festgenommen und mussten mit einer empfindlichen Strafe rechnen. Herr Schneider ließ sich umgehend von seiner Frau scheiden.

Alina und Niclas heirateten nach genau drei Jahren. Zu dem einen Asylantenheim kamen noch weitere hinzu, die sie gemeinsam verwalteten und mit ihrer Arbeit vielen sozial Benachteiligten helfen konnten.

Julia Coenen, 9 Jahre

„Zwei Dinge sind unendlich, das Universum und die menschliche Dummheit, aber bei dem Universum bin ich mir noch nicht ganz sicher."
-Albert Einstein-

Und zum guten Schluss ...

... möchten wir Ihnen, den Lesern, unseren großen Dank aussprechen. Wir hoffen, Sie haben sich gut unterhalten gefühlt und wir konnten Sie ein bisschen zum Nachdenken anregen.

An dieser Stelle möchten wir uns bei allen bedanken, die an uns glauben und unterstützen.

Unserer besonderer Dank gilt:

Den vier Kindern die uns ihre super tollen Bilder für dieses Buch zur Verfügung stellen. Das Copyright liegt bei den jeweiligen Künstlern.

Becky Wirth

Julia Coenen

Joline Kranen

Und Hendrik Oschmann

Ohne Euch wäre das Buch nicht so bunt und lebendig.

Carola Kickers, die uns das tolle Cover designed hat;

Claudia Hokamp, die uns bei der Formatierung geholfen hat;

Manfred Czudzewitz, für die vielen Tipps und Vorschläge.

Die Geschichten in dem Buch sind frei erfunden.

Namensgleichheiten sind zufällig und mit niemanden in Verbindung zu bringen.

„Jeder Mensch sollte mit seinem Leben die Welt ein kleines bisschen besser machen."

(Frances Hodgson Burnett)

Ein kleiner Katzendetektiv aus dem alten England kämpft mit seinen Freunden gegen Erbschleicher, Einbrecher und Schmuggler. Dabei erlebt er spannende Abenteuer. Die Katzenkrimis für Kinder ab 10 Jahren und Erwachsene sorgen für viel Spaß! Dieser Sammelband beinhaltet die Einzelbände: Mr. Pattapu und das Geheimnis des alten Hauses Mr. Pattapu und das Geheimnis der Morning Rose Mr. Pattapu und das Geheimnis der Vier.

Erhältlich u. A. bei Amazon
ISBN-13: 978-0692219133